原来情深,最是孤独

纳兰容若的词与情

纪云裳 – 著

台海出版社

目 录

秋水（谁道破愁须仗酒） ＞ 003

浣溪沙（谁道飘零不可怜） ＞ 007

浣溪沙（残雪凝辉冷画屏） ＞ 011

木兰花令（人生若只如初见） ＞ 014

采桑子（明月多情应笑我） ＞ 019

渔父（收却纶竿落照红） ＞ 023

酒泉子（谢却荼蘼） ＞ 027

临江仙（霜冷离鸿惊失伴） ＞ 031

河传（春残，红怨，掩双环） ＞ 035

梦江南（昏鸦尽） ＞ 038

秋千索（垆边唤酒双鬟亚） ＞ 041

卷一：孤独的香气

纳兰词就像一瓣一瓣落在心尖上的梨花，隔着三百多年的浓稠光阴，依然静谧、清透、薄凉，散发着孤独的香气。

卷二：爱如饮水，冷暖自知

人活一生，总有那么一桩两桩不遂愿的情事，成了心底的刺青，梦中的红笺，舌根深处的茶香，在夜深时，念念不忘，回响怦然，回甘绵软。

采桑子（谢家庭院残更立）　＞ 049

浣溪沙（五字诗中目乍成）　＞ 055

采桑子（拨灯书尽红笺也）　＞ 059

忆江南（心灰尽，有发未全僧）　＞ 065

浣溪沙（谁念西风独自凉）　＞ 072

蝶恋花（辛苦最怜天上月）　＞ 076

虞美人（春情只到梨花薄）　＞ 081

减字木兰花（晚妆欲罢）　＞ 085

浣溪沙（十八年来堕世间）　＞ 089

浣溪沙（欲问江梅瘦几分）　＞ 093

采桑子（而今才道当时错）　＞ 097

卷三：我亦飘零久

人生在世，如梦幻泡影，如露亦如电，唯有情义和诗词，可以如草木山川，星辰皓月，春风十里，夜夜皎洁。

金缕曲（德也狂生耳） > 103

金缕曲（洒尽无端泪） > 110

梦江南（新来好） > 118

满江红（问我何心） > 122

菩萨蛮（车尘马迹纷如织） > 132

菩萨蛮（乌丝曲倩红儿谱） > 139

金缕曲（何事添凄咽） > 145

浣溪沙（藕荡桥边理钓筒） > 151

水龙吟（须知名士倾城） > 156

金缕曲（未得长无谓） > 161

点绛唇（一帽征尘） > 167

卷四·天涯旅人

相比『虚负凌云万丈才，一生襟抱未曾开』的仕途、无法自主的命运、无药可治的寒疾，其实与至爱之人的死别，才是他生命中最大的劫难。

清平乐（泠泠彻夜，谁是知音者） > 177

采桑子（非关癖爱轻模样） > 183

长相思（山一程） > 187

南乡子（何处淬吴钩） > 191

虞美人（黄昏又听城头角） > 195

临江仙（六曲阑干三夜雨） > 204

梦江南（江南好，佳丽数维扬） > 210

梦江南（江南好，真个到梁溪） > 213

临江仙（飞絮飞花何处是） > 222

清平乐（凄凄切切，惨淡黄花节） > 228

满江红（籍甚平阳） > 234

附录一：饮水词序 > 245

附录二：纳兰手札 > 251

附录三：纳兰年表 > 268

附录四：后世评价 > 276

卷一：孤独的香气

纳兰词就像一瓣一瓣落在心尖上的梨花，隔着三百多年的浓稠光阴，依然静谧、清透、薄凉，散发着孤独的香气。

秋水（谁道破愁须仗酒）

听雨

谁道破愁须仗酒①，酒醒后，心翻碎②。

正香销翠被，隔帘惊听，那又是、点点丝丝和泪。

忆剪烛、幽窗小憩。

娇梦垂成③，频唤觉、一眶秋水。

依旧乱蛩④声里，短檠明灭⑤，怎教人睡。

想几年踪迹，过头风浪⑥，只消受、一段横波花底⑦。

向拥髻⑧、灯前提起。

甚日还来，同领略、夜雨空阶滋味⑨。

【笺注】

①谁道破愁须仗酒：是谁说借酒可以消愁呢。引自宋代赵长卿《南乡子·月转水晶盘》："谁道破愁须仗酒，君看，酒到愁多破亦难。"

②心翻碎：反而更为心碎。翻：反而。

③娇梦垂成：即将进入与她相会的美梦。

④乱蛩：蟋蟀此起彼伏的叫声。蛩：蟋蟀。

⑤短檠明灭：短柄灯架上的烛光忽明忽暗的样子。檠：灯架，

烛台，此处代指灯烛。

⑥过头风浪：指生活中风波迭起。

⑦一段横波花底：一段花前月下、良辰美眷的回忆。横波：水波，多比喻女子流转的眼波。

⑧拥髻：典出《赵飞燕外传》，"以手拥髻，凄然泣下"，后指手捧发髻，话旧生哀。如宋代朱敦儒《浣溪沙》："拥髻凄凉论旧事，曾随织女度银梭，当年今夕奈愁何。"

⑨夜雨空阶滋味：夜雨敲打石阶，令人伤感。语出南朝梁何逊《临行与故游夜别》："夜雨滴空阶，晓灯暗离室。"

【译文】

是谁说借酒可以消愁呢？酒醒之后，反而更为心碎。此刻熏香已燃尽，再温软的锦被也暖不了我的心。隔帘听雨，点点滴滴，一如离别的眼泪，不禁回忆起曾经与她一起在窗边小憩、剪烛夜谈的时光。刚要在梦中与她相会，却突然醒来，相思尽化作满眼的泪水。

窗外的蟋蟀依然在鸣叫，灯台上的烛光忽明忽暗，让人愈加难以入眠。想起这几年风波迭起，生活颇不平静，只有与她在一起时，才觉得岁月安然。如今灯下提及旧事，真是四下凄然。不知道什么时候，她还会再来与我共度漫漫长夜，一起品味雨落空阶的滋味。

【赏析】

这首词的副标题是"听雨"，读来也是满纸凉意，仿佛心底可以生出青苔。

一灯如豆，雨落空阶，三百多年前那个寂寞的人，将一把相思凝结在指尖，蘸一笔氤氲的往事，便让辗转难言的情愫在尘世找到了对应的载体。

雨声如指尖轻叩心门，最谙离人愁绪。而我们翻阅纳兰心事，也似乎可以从这首词中找到一些细枝末节，譬如他心绪的触须，也曾伸向光阴深处，并留下过温柔的印痕。

纳兰在写"忆剪烛、幽窗小憩"的时候，想到的应该是李商隐的《夜雨寄北》：

何当共剪西窗烛，却话巴山夜雨时。

什么时候我们可以一起剪烛夜谈，谈及这样的雨夜，已成为可以回味的往事？

李商隐这首诗是在羁旅途中写给妻子的，他期盼着与妻子重逢的情景，就像把一个心愿提及并写在了纸上。然而他的妻子还没来得及读信，就因病过世了。

若是如此，那么纳兰所忆的"西窗剪烛人"，就极有可能是亡妻卢氏。

就像曾经他在夕阳西下、匹马孤旅中，看着萧萧落叶、寂寂远山，想起彼时与妻子在灯下互诉柔肠的时光，心头涌起万千哀愁与温柔：

过尽遥山如画，短衣匹马。萧萧落木不胜秋，莫回首、斜阳下。

别是柔肠萦挂，待归才罢。却愁拥髻向灯前，说不尽、离人话。

——《一络索》

宋代词人蒋捷也曾写有一首《虞美人·听雨》，写一个人在不同的年纪里听雨的三种心境：

少年听雨歌楼上。红烛昏罗帐。壮年听雨客舟中。江阔云低、断雁叫西风。

而今听雨僧庐下。鬓已星星也。悲欢离合总无情。一任阶前、点滴到天明。

尽管纳兰也曾经有过听雨西窗前，红烛昏罗帐的良辰。那时，灯火可亲，佳人温柔，她的眼睛里睡着世间最澄澈的湖泊，可以倒映繁星。但那样的时光，就像桃李春风一杯酒，酒醒后，就再也回不来了。

正所谓"悲欢离合总无情。一任阶前、点滴到天明"，与爱人分离后，他便在孤独里一夕忽老。虽正值壮年，鬓未星星，心境却沧海桑田，早已是江湖夜雨十年灯。

浣溪沙（谁道飘零不可怜）

西郊冯氏园①看海棠，因忆《香严词》②有感

谁道飘零不可怜。

旧游时节好花天。

断肠人去自今年③。

一片晕红才著雨④，

几丝柔绿乍和烟⑤。

倩魂⑥销尽夕阳前。

【笺注】

①西郊冯氏园：明朝万历年间大太监冯保的府邸，原址在今北京广安门外。原主人精于园艺，曾在府内遍植花木，其中以海棠最为闻名。

②《香严词》：清初文人龚鼎孳的词集，因其寓号"香严斋"而得名。龚鼎孳，在清初文坛极具声望，时人将其与钱谦益、吴伟业并称"江左三大家"。此指《香严词》中的西郊海棠词四首。

③断肠人去自今年：指曾为海棠写词的那个人已经不在人世了。龚鼎孳于康熙十二年（公元1673年）九月病逝。

④一片晕红才著雨：雨点落在海棠花瓣上，就像美人脸上的胭

脂被晕开。见宋王雱《倦寻芳》词："倚危栏，登高榭，海棠著雨胭脂透。"

⑤几丝柔绿乍和烟：雨后，轻柔的绿柳，如雾如烟。

⑥倩魂：女子的香魂。此指凋落的海棠花。

【译文】

是谁说飘零的海棠花不令人生起怜爱之情？如今又到了美好的赏花时节，只是那个最疼惜海棠花的人，已经不在人世了。

一场雨后，海棠花瓣愈发灵动，就像美人脸上的胭脂被晕染开来。轻柔的柳丝也如雾如烟。然而在夕阳的光辉下，那些纷飞的花瓣，很快就会散尽香魂，落入尘泥与流水。

【赏析】

这首词是纳兰早期的作品，写作时间大约为康熙十三年（公元1674年）的春天。那个时候，他已经顺利通过了会试，却因为一场突如其来的高烧错过了殿试，只能再等三年。那个时候，他还尚未迎娶卢氏，尚未体验过生命中的摘心之痛。

站在西郊冯府的海棠花树下，看着满地落红，烟霭纷纷，他只是一个在别人的情愫里临风哀愁的少年。春光易逝，生死无常。纳兰以顺天乡试举人的身份参加会试时，龚鼎孳还是主考官之一。所以纳兰也算是龚鼎孳的门生。只是，转眼经年，斯人即逝。唯有海棠依旧，似乎未曾沾染人间的伤悲。而人间的伤悲，却可以在空气中流传，在文字里凝结成琥珀。

曾经，龚鼎孳每年春天都会到西郊冯氏园来看海棠，为海棠写词。写在纸上，也写在风里。如："西郊海棠已放，风复大作，对花怅然。"

他会用世间最柔软的句子去描述花朵，就像描述心爱之人：

今年又向花间醉，薄病深春。火齐才匀。恰是盈盈十五身。
青苔过雨风帘定，天判芳辰。莺燕休嗔。白首看花更几人。
——龚鼎孳《罗敷媚·朱酉军司马招集西郊冯氏园看海棠之二》

张潮的《幽梦影》里说："以爱花之心爱美人，则领略自饶别趣；以爱美人之心爱花，则护惜倍有深情。"或许正因如此，龚鼎孳才能俘获顾横波的心吧，让一段秦淮河边的风流，变成了北京城里的佳话。然而遗憾的是，龚鼎孳写下那些海棠词的时候，顾横波已化作了一缕香魂。

今年忆君人笑痴，来年忆我知是谁？如果说春天的风都是从往年的春天吹来的，那么哀愁是不是就会像花朵一样，年年如是，盛放如昔？飞花轻似梦，不觉在梦中，最是销魂。

纳兰在写这首《浣溪沙》时，或许也会想起秦观词中的离别之苦恨，婉转之幽情：

山抹微云，天连衰草，画角声断谯门。暂停征棹，聊共引离尊。多少蓬莱旧事，空回首、烟霭纷纷。斜阳外，寒鸦万点，流水绕孤村。

销魂。当此际，香囊暗解，罗带轻分。谩赢得、青楼薄幸名存。此去何时见也，襟袖上、空惹啼痕。伤情处，高城望断，灯火已黄昏。

——秦观《满庭芳》

这是秦观一生中最受人称赞的作品，仅"山抹微云"一句，即可在词坛稳占一席之地。

"山抹微云君"是苏轼对秦观的戏称，也是一位老师对学生的赞赏。有人评说纳兰这首《浣溪沙》是柔情一缕，能令九转肠回，虽"山抹微云君"，不能道也。

一个人的词境，即一个人的心境。凄丽婉约、回肠荡气……秦观的词风，恰如他那顿挫沉郁的人生。同样，在纳兰身上，透过他早期的作品，也足以折射出他早慧必伤，情深不寿的命运。

浣溪沙（残雪凝辉冷画屏）

残雪凝辉①冷画屏。

落梅②横笛已三更。

更无人处月胧明③。

我是人间惆怅客。

知君何事泪纵横。

断肠声里忆平生。

【笺注】

①凝辉：月光。

②落梅：笛子曲名，又称《梅花落》。《乐府题解》记载，《梅花落》是西汉乐师李延年的作品，乃汉乐府二十八横吹曲之一。从南北朝时期开始，横吹曲《梅花落》又被称为笛子曲《梅花落》。

③胧明：微明。

【译文】

月亮的光辉映照着残雪，清冷的微芒投射在屏风上。三更时分，有人在月下横笛，吹一曲古老的《梅花落》。月色微明，天地之间一片寂静，只有哀凉的笛声在空气里流动。

在这苍茫的人世间，我只是一个过客，满心惆怅。所以才能读懂这笛声背后的悲楚，以及吹笛人落泪的原因。在这催人肠断的笛声里，忆起平生过往，不禁唏嘘万千。

【赏析】

这首词是纳兰笔下的经典之作，流露出来的宁谧孤绝的气质，一如雪夜的月光，落在耳膜上。那么静，那么近。

月光之下，笛声是一条寂静的涌动的河流。听笛的人，心有空山，遗世独立，记忆里却有一汪深潭。河水不断注入潭中。弥漫的水雾，濡湿了他的眉睫。临水照影，他看见心头的块垒，已爬满苍苍郁郁的青苔。那一刻，他终于读懂了吹笛人的心事。

那么词中的吹笛人是谁？纳兰似乎没有给我们留下任何明确或隐晦的线索。不过也有人认为，纳兰写这首词是"因朋友朱彝尊的遭遇而辗转难眠"。

朱彝尊，明朝遗少，江南名士，与纳兰容若、陈维崧并称"清词三大家"。

康熙十八年（公元1679年），知天命之年的朱彝尊以布衣身份赴京参加科举，及第后进入翰林院修撰《明史》，与纳兰相识，遂结为挚友。大约也是在那个时候，纳兰读到了朱彝尊的一本词集——《静志居琴趣》。

"静志"，是朱彝尊书房的名字，也是一位女子的名字。她是朱彝尊的妻妹，是别人的妻子，是一个在婚后因相思成疾，香消玉殒的女人，也是朱彝尊一生中的最爱。朱彝尊静默地，又炽热地，绝望地，又甜蜜地爱着他的妻妹，一卷《静志居琴趣》，就是一卷写给妻妹的情书，用满纸哀愁，蘸遍思念，记录一个爱别离、求不得的故事。

> 思往事，渡江干，青蛾低映越山看。
> 共眠一舸听秋雨，小簟轻衾各自寒。
>
> ——朱彝尊《桂殿秋》

他们曾一起在乱离的岁月中共眠一舸，听着同一场秋雨，却只能相对无言，小心翼翼地守着礼数。

这首小词后来被况周颐盛赞，说可以称得上是清词之冠。不知彼时纳兰读到之后，会不会痛断肝肠，泪如雨下？

入京之前，朱彝尊落拓半生，曾在词中感叹，"滔滔天下，不知知己是谁"。而在情感的苦痛上，仅此一点，纳兰便可以成为他的知己。若真是如此，纳兰想起的，应该是他与入宫表妹之间夭折的那段情缘。

一个是因为伦理，一个是因为皇权，却都是在命运的窠臼里，殊途同归。就像每个在别人的故事里流泪的人，都是因为看到了自己的影子。从这个角度上来说，谁又不是听笛人呢？

木兰花令（人生若只如初见）

拟古决绝词^①

人生若只如初见。

何事秋风悲画扇②。

等闲③变却故人心，

却道故心人易变④。

骊山语罢清宵半⑤。

泪雨零铃终不怨⑥。

何如薄幸锦衣郎⑦，

比翼连枝当日愿⑧。

【笺注】

①拟古决绝词：拟古：模拟创作。决绝词，即抒写与心上人断绝情义，永不相见的诗词。如汉代才女卓文君的《白头吟》："闻君有两意，故来相决绝。"

②何事秋风悲画扇：汉成帝时期，失宠的班婕妤为避免被赵飞燕姐妹迫害，只能请求居住深宫，青灯度日。在所写的《怨歌行》中，她以团扇自喻，感叹秋凉被弃的命运："新裂齐纨素，鲜洁如霜雪。裁为合欢扇，团团似明月。出入君怀袖，动摇微风发。常恐

秋节至，凉飚夺炎热。弃捐箧笥中，恩情中道绝。"后来，团扇也成了文学作品中女子失宠，年华老去的象征。

③等闲：轻易。

④却道故心人易变：化用南朝诗人谢朓《和王主簿季哲怨情诗》句意："故人心尚永，故心人不见。"

⑤骊山语罢清宵半：骊山，指骊山华清宫长生殿，唐玄宗与杨贵妃的七夕盟誓之地。语罢清宵半，化用白居易《长恨歌》句意："七月七日长生殿，夜半无人私语时。"

⑥泪雨零铃终不怨：安史之乱爆发后，唐玄宗入蜀，被迫在马嵬坡赐死杨贵妃。杨贵妃被赐死前曾留下遗言："妾诚负国恩，死无恨矣！"平定叛乱后，唐玄宗北还途中夜遇风雨，听风雨吹打銮驾上的金铃，铃音又在山谷中激荡不息，凄凄不可闻，遂作《雨霖铃》以寄哀思。

⑦薄幸锦衣郎：代指唐玄宗。薄幸：薄情，负心。

⑧比翼连枝当日愿：指唐玄宗喻杨贵妃昔日的盟誓："在天愿作比翼鸟，在地愿为连理枝。"

【译文】

人与人之间若能永远保持初见的美好，那么就不会有遗弃和怨恨出现。分明是你轻易变了心，却说是我的心发生了改变。

骊山的长生殿里，唐玄宗和杨贵妃曾在七夕夜半立下盟誓，要永远不离不弃。马嵬坡兵变时，唐玄宗赐死了杨贵妃，后平乱北归，又作《雨霖铃》寄托情思，杨贵妃若能听到，心中的怨恨也应该可以消解。只是变心的你，还不如薄情的唐玄宗，他尚能记得那个比翼连枝的心愿，而你已经把当初的誓言全都忘记了。

【赏析】

无疑，这首词是纳兰笔下流传最广的作品。

"人生若只如初见"，我们喜爱这样的句子，因为我们可以映照自身的情感，也因为它毫无匠气，是纳兰的情感从内心到笔端的自然流泻。如此，这首词便超越了普通闺怨词的范畴，从而达到了传世佳作的高度。在副标题中，"决绝"两个字，已有裂帛之音，响彻心空。

这首词，还有另一个刻本。另一个刻本的副标题则是："拟古决绝词，柬友"。这个"友"，正是彼时南归的顾贞观。纳兰将这首词放在信封里，寄给他最好的朋友看，就像顾贞观会在江南早梅盛放的时候写信到京城，信封里装着带有梅花清香的新作。

唐代元稹也曾用乐府行体写过三首《古决绝词》，其一为：

乍可为天上牵牛织女星，不愿为庭前红槿枝。

七月七日一相见，相见故心终不移。

那能朝开暮飞去，一任东西南北吹。

分不两相守，恨不两相思。

对面且如此，背面当可知。

春风撩乱伯劳语，况是此时抛去时。

握手苦相问，竟不言后期。

君情既决绝，妾意已参差。

借如死生别，安得长苦悲。

又一个变心的故事。你若不离不弃，我必生死相依。你若无心，我便休。元稹笔下的女子，面对负心人，可谓快刀斩乱麻，以决绝的姿态保全了自己的尊严。但字句里依然带着咬碎银牙，甩袖而去的意难平。

的确，对于大多数古代男子而言，他们有诗，有酒，有朋友，有游历山川、博取功名的机会，爱情或是锦上花，或是雪中炭，绝非生活的全部。而对于寻常的古代女子来说："女性的天空是低的，羽翼是稀薄的，而身边的累赘又是笨重的。"（萧红语）心底再深的委屈与怨恨，也要托男子之口才能得见天日。她们爱一个人，那个人就是她的整个世界。许多人甚至在漫长的等待里失去了自我。决绝词，就是令其找到自我的载体。

想起王尔德说，爱自己才是终身浪漫的开始。如果爱是单项选择，那么这种浪漫，应该正是因为可以获得某种自由吧。即便是卓文君，在司马相如变心后，可以用才华让夫妻关系破镜重圆，却也忍不住叹息："郎啊郎，巴不得下一世你为女来我为男。"班婕妤，名门闺秀，才德兼备，却也为汉成帝低到尘埃里，被弃之后，在心底把自己当成一个"物件"，文字里渗透了幽怨与不甘。

杨贵妃，她的美貌令六宫粉黛无颜色，同样摆脱不了成为政治牺牲品的命运。"泪雨零铃终不怨"，真的是因为她认为自己诚负国恩吗？未必。

谁让那个在马嵬坡赐她孤身绝境、三尺白绫的人，也是那个在华清宫给她柔情蜜意、三千宠爱的人。剥落一切的光芒和身份，她不过是一个为爱燃烧的小女子。在将死的那一刻，她便已经心如死灰。不怨，是认命，也是放下。

于是，再反观纳兰这种弱水三千，只取一瓢，宁愿在心里修建庙宇，将爱情虔诚供养的男子，无论其文其人，都值得为之钟情。

采桑子（明月多情应笑我）

明月多情应笑我①，

笑我如今②。

辜负春心③。

独自闲行独自吟。

近来怕说当时事，

结遍兰襟④。

月浅灯深⑤。

梦里云归何处寻。

【笺注】

①明月多情应笑我：倒装句，意为明月应笑我多情。多情，即深情。化用苏轼《念奴娇·赤壁怀古》词句："故国神游，多情应笑我，早生华发。"

②笑我如今：化用晏几道《采桑子》词句："莺花见尽当时事，应笑如今。一寸愁心。"

③春心：被春天的景物所触动的兴致与情愫。如《楚辞·招魂》："目极千里兮伤春心，魂兮归来哀江南。"又如李商隐《无题》："春心莫共花争发，一寸相思一寸灰。"

④兰襟：本指女子散发香气的衣衫。多用来比喻知己，取义结金兰、心心相印之意。亦可指恋情，如晏几道《采桑子》："结遍兰襟。遗恨重寻。弦断相如绿绮琴。"

⑤"月浅灯深"二句：化用晏几道《清平乐》词句："梦云归处难寻。微凉暗入香襟。犹恨那回庭院，依前月浅灯深。"

【译文】

明月若有知，应该也会取笑我的多情吧。笑我如今的境况，在这大好的春光里，伤心憔悴，寂寞行吟。

近来很怕与人提及往事，而我偏又朋友甚多。月色渐渐淡去，唯有灯火独明，不知道今夜在梦里能不能与你相见。

【赏析】

这首词因多处化用晏几道语意，常被视为爱情之作，或可备一说。而值得一提的是，纳兰与晏几道，同为出身相门的翩翩贵公子，一个是"人间惆怅客"，一个是"古之伤心人"，文风与心性竟也如此相近，一如隔世兰襟。姜宸英写纳兰："其于词，小令取唐、五代，宗晏氏父子。"可以说在词作方面，纳兰很是推崇晏氏父子，尤其是晏几道。纳兰曾多次化用他的句子，就像一种精神上的趋近。

晏几道，字叔原，号小山，北宋著名词人，名相晏殊之暮子，与其父在词坛并称"二晏"，有《小山词》传世。

"叔原词，如金陵王、谢子弟，秀气胜韵，得之天然，将不可

学。"（王灼《碧鸡漫志》）

晏几道文字里的清贵之气，似乎是与生俱来的。在黄庭坚的眼里，《小山词》是"清壮顿挫，动摇人心"，晏几道的为人则是当世英杰，有四种痴绝：

一是"退居京城赐第，不践诸侯之门"，父亲过世后，家道中落，仕途坎坷，晏几道却始终不愿亲近权贵，为自己谋求利益。

二是填词论文，只固守自己的喜好，不趋流行。

三是千金散尽，不识时务，不懂人情世故。

四是心胸豁达得令人费解，人家负他一百次，他依然愿意相信别人。

这样的痴，倨傲即天真，是大无邪。也是贾宝玉式的痴顽，身处浊世，自可不染浊气，但又注定不被浊世所容。纳兰的多情又何尝不是一种痴绝？在另外两首词中，他如此感叹自身：

风絮飘残已化萍，泥莲刚倩藕丝萦。珍重别拈香一瓣，记前生。

人到情多情转薄，而今真个悔多情。又到断肠回首处，泪偷零。

——《山花子》

一霎灯前醉不醒。恨如春梦畏分明。淡月淡云窗外雨，一声声。

人到情多情转薄，而今真个不多情。又听鹧鸪啼遍了，短
长亭。

———《摊破浣溪沙》

他别号"楞伽山人"，笔下的每一个句子里都写着"求不
得""放不下""做不到"。如他所说，写诗填词应发自心声，是
性情中事。那么一个人的文字，便成了情感的投影，心境的回声。

想起纳兰有一方闲章，上刻"自伤多情"四字，似乎能想象，
他搁笔钤印之后，脸上自嘲的苦笑。若真能悔多情，又何必泪偷
零，醉不醒？

在《小山词》自序中，晏几道说自己的文字不过是裙裾之乐中
聊以自娱的狂篇醉句，也是一种自嘲吧。

"琵琶弦上说相思。当时明月在，曾照彩云归。"

"从别后，忆相逢，几回魂梦与君同……"

那么多情的句子，怎会不染心伤。若不然，为何又要叹息——
悲欢离合，如幻如电，昨梦前尘，掩卷怃然。对于许多人来说，多
情或许是一种选择。但也有一些人，多情一如温柔的神迹，是上天
注入身体的命运。多情之人，自然可以在才华和品格的加持下，将
多情变成一种能力和一种魅力，在纸上下笔如流，文心天然，在岁
月里，历久弥香，倾倒众生。多情之人，却也难免为情所累，在一
段情感中画地为牢，让多情成为无形的枷锁。

细细一想，这样的幸运，到底还是有些悲凉。

渔父（收却纶竿落照红）

收却纶竿落照红^①。

秋风宁为翦^②芙蓉^③。

人淡淡^④，

水濛濛。

吹入芦花短笛中。

【译文】

当渔人收起钓竿泛舟而归，夕阳也随之西下。在温暖的余晖中，秋风轻柔地拂过水面，不忍水中的荷花凋落。水波轻漾，暮色如同朦胧的轻纱。晚归的渔人悠然吹起一支短笛，慢慢地便与笛声一起没入了芦花深处。

【赏析】

这首词是题画之作。

康熙十八年（公元1679年），四十四岁的吴江才子徐釚（字电发，号虹亭，又号枫江渔父）赴京参加博学鸿词科考试，启程时，除了两鬓的尘霜与满心的抱负，他还携带了一幅四年前托人绘制的《枫江渔父图》。

不久，徐釚金榜题名，授翰林院检讨之职，入馆纂修明史，居住京城长达数年。在此期间，他的《枫江渔父图》也陆续聚集了许多京城名流的题咏——纳兰便是其中之一。后来，徐釚辞官回乡，从此悠游山水之间，再不出仕，直至终老。

据江南名士毛际可《枫江渔父图记》所述，辞官后的徐釚曾屡次带着《枫江渔父图》托他写记，他本以为是名迹，怎料展卷之后，旁边掌灯的小书僮不禁粲然失笑，原来那画中人，正是徐釚本人也。再看那画，尺寸不大，画面烟波浩荡，却有咫尺千里之势，小舟中贮酒一瓮，图书数十卷，徐釚手持纶竿，头戴箬笠，箕踞徜徉。

"箕踞"本是一种轻慢的坐姿（两脚张开，两膝微曲地坐着，使身体形状像箕），但放在画中的徐釚身上，倒成了散漫可爱、不拘礼节的坐法。"徜徉"则是指徐釚的安闲自得之貌，正好符合纳兰的那句"人淡淡"。而徐釚对纳兰的这首题画词也很是喜欢，在他的《词苑丛谈》中，他就将《渔父》比作唐代张志和的《渔歌子》，认为两者足以比肩并传。

西塞山前白鹭飞，桃花流水鳜鱼肥。

青箬笠，绿蓑衣，斜风细雨不须归。

——张志和《渔歌子》

史书上记载，张志和三岁能读书，六岁做文章，十六岁明经及第，先后任翰林待诏、左金吾卫录事参军、南浦县尉等职。因有感于宦海风波和人生无常，在母亲和妻子相继故去的情况下，弃官弃家，浪迹江湖。后唐肃宗赐其奴、婢各一，称"渔童""樵青"，张志和遂偕奴、婢隐居于太湖一带，扁舟垂纶，浮三江，泛五湖，自号"烟波钓徒"，渔樵终老。

所谓以自己喜欢的方式过一生，莫过如斯。尤其是在见识过宦海的风波之后，江湖的烟波更是自由可亲。

但徐钦可以效仿张志和渔樵终老，纳兰却只能借由文字，在别人的画中做一场青笠蓑衣的梦。就像很久以前，李煜也曾站在一幅《春江钓叟图》面前，将自己的遁世之心安放在两首题画词里一样：

浪花有意千里雪，桃花无言一队春。

一壶酒，一竿身，快活如侬有几人。

——李煜《渔父·其一》

一棹春风一叶舟，一纶茧缕一轻钩。

花满渚，酒满瓯，万顷波中得自由。

——李煜《渔父·其二》

也难怪常有人将纳兰比作李煜，更有人说他是李煜的转世之身。譬如词学家唐圭璋在评价纳兰的《渔父》时就写道："成容若雍容华贵，而吐属哀怨欲绝，论者以为重光后身，似不为过。"又称："世之爱读容若词者亦多矣，又何可不读此阕。"而纳兰自己也很是推崇李煜，无论是身世，还是对文字的审美，他都是心有戚戚。纳兰曾说："《花间》之词，如古玉器，贵重而不适用；宋词适用而少质重。李后主兼有其美，更饶烟水迷离之致。"

只是，在旁人看来，华贵的出身不外乎是上天的恩赐，而对于一心向往自由的人来说，宫墙和身份却更像是一层枷锁。浪花有意，桃李无言。便也注定了在万顷的时光里，他们只能以字为舟，借他人的自由，渡自己的向往。

酒泉子（谢却荼蘼）

谢却荼蘼①。

一片月明如水。

篆香②消，犹未睡。

早鸦啼。

嫩寒无赖③罗衣薄。

休傍阑干角④。

最愁人，灯欲落⑤。

雁还飞。

【笺注】

①荼蘼：又被写作"酴醾"（酒名）。蔷薇科落叶小灌木，攀缘茎，茎上有钩状刺，春末夏初时开花，薄瓣，色白而清香。《群芳谱》记载："荼蘼色黄如酒，固加酉字作'酴醾'"。古人还曾采荼蘼花制成酴醾露，据说琼瑶晶莹，芬芳袭人，女子用以泽发，香味持久不灭，一如春花附体。

②篆香：篆文形状的香，有刻度。据宣州石刻记载："（宋代）熙宁癸丑岁，时待次梅溪始作百刻香印以准昏晓，又增置午夜香刻。"故又称百刻香。它将一昼夜划分为一百个刻度，用以熏

香、计时和驱蚊。

③嫩寒无赖：嫩寒，轻寒。无赖，通"无奈"。见秦观《浣溪沙》："漠漠轻寒上小楼，晓阴无赖似穷秋。"

④阑干角：栏杆一角。

⑤灯欲落：灯烛即将燃尽，灯芯的余烬摇摇欲坠。

【译文】

在如水的月光下，凋谢的荼蘼花散发出淡淡香息。篆香一点一点燃尽，人却依然没有睡意。空中传来一声早鸦的啼叫，黎明即将到来。

初夏的夜间，本宜吟风赏月，无奈衣衫单薄，抵挡不住轻微的寒意。不要再倚靠在栏杆一角沉湎往事了，要知道最愁人的情景，莫过于灯花欲落，大雁回飞。

【赏析】

荼蘼，花语是"末路之美"，象征青春流逝，爱情消亡，绚烂成灰。不知从何时起，这种花就成了一个悲凉的文学意象。要知道在北宋，荼蘼还是文人雅集上的常客，承载着醉人的美好。当时的文学家、翰林学士范镇家里有一个非常高大的荼蘼架，每到花开繁盛、落英缤纷时，他就会约了文友到架下喝酒，并约定荼蘼花瓣落到谁的酒杯里，谁就要为他"浮一大白"，即将杯中酒一饮而尽。如此，每逢微风过之，荼蘼花瓣簌簌而落，满座皆醉。

　　而对于雅集的主人来说，远离朝堂，回归文人身份的风雅与闲适，都在那落英浮动的杯盏里了。至于荼蘼身上的愁绪和孤意，或许是从北宋王淇的那句古诗开始的，"开到荼蘼花事了"，荼蘼花开的时候，春天便过去了。

　　多年后，身世悲切的女词人吴淑姬写道："谢了荼蘼春事休……独自倚妆楼……不如归去下帘钩。心儿小，难着许多愁。"

　　《红楼梦》里有一章写群芳夜宴，麝月抽到一支花签，上面正是一枝荼蘼花，题着"韶华胜极"四字，背面则是一句旧诗："开到荼蘼花事了。"注云："在席各饮三杯送春。"玲珑剔透的宝玉一看，顿觉不祥，于是蹙起眉头，忙将签藏了起来。那也是一支命签。小一点，是麝月的命运；大一点，便是整个贾府的命运。鲜花着锦、烈火烹油又如何，谁也无法阻止有一日，繁华如花凋零，白茫茫一片真干净。

　　现代的亦舒有小说《开到荼蘼》，幽幽的对白，早已为故事的结局埋下伏笔：

　　"荼蘼。"

　　"是一种花吗？"

　　"属蔷薇科，黄白色有香气，夏季才盛放，所以开到最后的花是它，荼蘼谢了之后，就没有花了。"

　　亦舒就像是在解剖一具华丽的情感尸体，笔锋如刀锋，凌厉又冷静。然而在心灵的深渊里，为爱受苦的灵魂却将万劫不复。

　　"深情若是一桩悲剧，必定以死来句读。"这句话同样适合纳兰。在这首《酒泉子》里，他写的是月下的倚栏人，我们读出来的，却是纳兰自身。夜如空杯，荼蘼的香气似酒，被他一杯一杯饮进愁肠。有多少欲说还休，便有多少孤独和寒意，由心向身，漫漫沁透。朝堂暂远，夜色岑寂，唯有往事，依旧在脑海中波诡云谲。

《白雨斋词话》作者陈廷焯评价这首词是："感情含蓄，意致深远"，"情调凄婉，似韦端己手笔"。读来也着实有花间气息。所谓情深而语秀，莫过如斯，月光如水，荼蘼谢却，文字也仿佛被三百多年前的月光洗过一般，满纸哀凉，香气幽眇。

临江仙（霜冷离鸿惊失伴）

孤雁

霜冷离鸿①惊失伴，

有人同病相怜。

拟凭尺素寄愁边②。

愁多书屡易③，双泪落灯前。

莫对月明思往事④，

也知消减年年⑤。

无端嘹唳⑥一声传。

西风吹只影⑦，刚是早秋天。

【笺注】

①离鸿：离群落单的鸿雁。见宋周邦彦《浪淘沙慢》："念汉浦、离鸿去何许？经时信音绝。"

②尺素：书信。造纸术发明之前，古人多用竹片、木片或白绢制作成长度约一尺的书写材料，其中竹片称简，木片称尺牍，白绢丝帛材质的称尺素。愁边：令人生愁的地方（边关）。如李白《学古思边》诗句："苍茫愁边色，惆怅落日曛。"

③屡易：屡次易稿，多次修改。

④莫对月明思往事：出自白居易诗句："莫对月明思往事，损君颜色减君年。"

⑤消减年年：年复一年，日益消瘦。

⑥嘹唳：孤雁哀伤又清亮的叫声。宋梅尧臣《范饶州夫人挽词》有诗句："江边有孤鹤，嘹唳独伤神。"

⑦只影：孤独的身影。

【译文】

天气清寒，白露为霜，有孤雁惊飞，失去了同伴，也有人形单影只，与它同病相怜。想要写一封书信寄到愁绪丛生的边关，却因为哀愁太多，反复修改到夜深，泪水打湿了素绢。

不要对着明月追忆往昔，那样只会令人年复一年，衣带渐宽，寂寞憔悴。天空中无端传来一声孤雁的哀鸣，只见它正在西风中孤独地飞翔。风带来阵阵寒意，真不知道它要如何度过这个才刚刚到来的秋天。

【赏析】

这首词，纳兰写的是孤雁，但文字映照出来的，却都是自己。

苏东坡也曾在月光下与一只孤雁对视，然后从对方的眼睛里看到了自己的影子：

缺月挂疏桐，漏断人初静。谁见幽人独往来？缥缈孤鸿影。

惊起却回头，有恨无人省。拣尽寒枝不肯栖，寂寞沙洲冷。

——苏轼《卜算子·黄州定惠院寓居作》

《卜算子》写于被贬黄州之后，苏东坡的孤独，第一次在词中被妥当安放。拣尽寒枝不肯栖的、内心孤清骄傲的，是孤鸿，也是写词的落魄人。如果要用一种鸟类来做知己，相信很多文人都会选鸿雁。就如同苏东坡词中的样子，宁愿回头捡拾一地孤清的幽恨，独自咀嚼着离群落单的冷清，隐入寂寞的沙洲度过寒夜，也不愿随意拣枝，像虫蚁一般落草而栖。

苏东坡为人清正，疾恶如仇，在朝堂，拒绝趋炎附势，在浊世，拒绝随波逐流，遇有邪恶之人事，素来"如蝇在台，吐之乃已"。这样的性格，便注定了他在仕宦之途会屡遭排挤，与世道不相容，也注定了他的孤独。这首《卜算子》曾被王国维盛赞，只有胸有万卷书、笔无尘俗气的人才能写出如此语意高妙的作品。王国维也说纳兰："以自然之眼观物，以自然之舌言情，此由初入中原未染汉人风气，故能真切如此，北宋以来，一人而已。"的确，无论是在人世，在官场，还是在诗词的世界里，他们同样都是心若孤鸿，不染尘埃。

"莫对月明思往事"，纳兰一笔叹息，又令人想起吴文英的惜别词："何处合成愁。离人心上秋。纵芭蕉、不雨也飕飕。都道晚凉天气好，有明月、怕登楼。"

纳兰在另一首词中道出了同样的愁绪：

夜雨做成秋。恰上心头。教他珍重护风流。端的为谁添病也，更为谁羞。

密意未曾休。密愿难酬。珠帘四卷月当楼。暗忆欢期真似梦，梦也须留。

——《浪淘沙》

愁绪千回百转，月光是一枚往事的密钥。孤独则是离人用愁绪编织的绳索，束缚着满心回忆，也捆绑了自己。孤独，也是一种浪漫的病。于是，眼中漫山遍野都是秋意，一点风吹，就足够内心下一场雨。

纳兰的这首《临江仙》，一如孤雁的嘹唳，落在纸上，凄清又寂寞。而天空中那只孤雁，是他可以遥遥仰望的精神的影子，可以用笔尖探访的情绪的知己。明明如月，清寒天地，不如各自怜悯，各自独行。

河传（春残，红怨，掩双环）

春残，红怨①，掩双环②。

微雨花间昼闲。

无言暗将红泪③弹。

阑珊，香销轻梦还④。

斜倚画屏思往事。

皆不是⑤。

空作相思字。

记当时。

垂柳丝，花枝，满庭胡蝶儿⑥。

【笺注】

①红怨：面对满地落花而心生凄楚、哀怨。

②双环：成对的门环。此处代指门。

③红泪：美人的眼泪。典出《拾遗记·魏》：魏文帝时期，绝世美人薛灵芸入宫，登车上路，辞别父母时，泪如雨下，以玉唾壶盛之，未及京师，壶中之泪竟凝如血色。

④香消：熏香燃尽。轻梦还：从轻软的梦中醒过来。

⑤皆不是：都没有顺遂心意。

⑥胡蝶儿：蝴蝶。见《本草纲目·蛱蝶》："蝶美于须，蛾美

于眉，故又名蝴蝶；俗谓须为胡也。"

【译文】

暮春时节，花事将了，满地的残红带给人无限的哀愁。不如掩起门来，不去看那微雨打湿花朵，就这般一个人，沉默着流泪，将漫长的白日消磨。房间里熏香沉沉，打开入梦之门。香尽时，方从轻软的梦中醒来。

斜着身子倚靠屏风，追溯往事，又是一片感伤。如今处处残缺，已是相思无处寄。而往事是多么让人怀念啊——良辰，美眷，杨柳依依，花枝春满，满庭蝴蝶皆成对成双。

【赏析】

这首词是康熙十五年（公元1676年）之前的作品。纳兰以女子口吻抒写伤春情怀，一不小心就会让人对号入座，愁绪婉转间，曲径通幽处，耳边又似有风花如诉。一字一句，都在说相思。

双燕又飞还。好景阑珊。东风那惜小眉弯。芳草绿波吹不尽，只隔遥山。

花语忆前番。粉泪偷弹。倚楼谁与话春闲。数到今朝三月二，梦见犹难。

——《浪淘沙》

清镜上朝云。宿篆犹熏。一春双袂尽啼痕。那更夜来山枕侧，又梦归人。

花底病中身。懒约湔裙。待寻闲事度佳辰。绣榻重开添几线，旧谱翻新。

——《浪淘沙》

如果说爱情是一朵花，那么这几首词中女子的爱情，应该早已在簌簌粉泪中凋零、萎谢，变成了一个仅供凭吊的标本。她也成了一个以往事作茧自缚的人。怎料相思破茧成蝶，才下眉头，又上心头。

那个人去了哪里？是生离，还是死别，是"闻君有两意"，还是"同心而离居"，纳兰都没有交代。他只知道，世间黯然销魂，唯离别矣。就像他尚未遇到爱情之前，就已经在古人的诗词里爱过，痛过，怨过，相思过。就像那个时候的他，少年公子，白衣胜雪，尚不知道生命中最爱的女子，有天会化作一缕香魂，离他而去。而当卢氏长眠于墓碑之下，再来读这样的词，又如遇见了一个埋在花树下的谶言。是时，落红满地，蝴蝶翩跹，往事一幕幕惊鸿照影，心下则蓦然一痛，如春梦乍醒，只觉情感与命运，都是那么美丽，那么哀愁。

梦江南（昏鸦尽）

昏鸦尽^①，

小立^②恨因谁。

急雪乍翻香阁絮^③，

轻风吹到胆瓶^④梅。

心字^⑤已成灰。

【笺注】

①昏鸦：黄昏时纷纷归巢的乌鸦。

②小立：短时间的伫立。

③香阁：年轻女子的闺房。絮：柳絮，典出《世说新语》，东晋才女谢道韫有咏雪诗句"未若柳絮因风起"。

④胆瓶：瓷瓶的一种，始于唐代，盛于宋朝，直口、细长颈，削肩，腹下丰满，形如悬胆，宜做花器，用以案头清供。

⑤心字：心字形的熏香。

【译文】

黄昏时，乌鸦尽数归巢，那个伫立在窗边的女子，满怀愁绪又因谁而起？天空骤然下起雪来，翻飞的雪花点亮了暮色，犹如漫天柳絮，趁着轻风，叩问闺阁，胆瓶中的梅花，也因此暗香沉沉。而房间内，心字香已经燃成了灰烬。

【赏析】

这首小令，大约是纳兰写于发妻卢氏过世之后，简短数语，读来却忧伤弥漫，如暮色在天地之间洇开，寒凉、黯然、销魂入骨。不禁让人想起木心的句子："我是一个在黑暗中大雪纷飞的人哪。"彼时，在纳兰的精神宇宙里，伤感和孤独早已汇集成了一条河流，逝者如斯，不舍昼夜。看似写闺情，实则还是在为自己的心绪造境。

那倚窗的女子，怅恨因谁而起？欧阳修那句"人生自是有情痴，此恨不关风与月"似乎可做注解。而世间的痴心人，总归要活得累一些。南唐后主李煜又曾劝诫世间的伤心人，"独自莫凭栏"，更何况词中的女子，是在暮霭中相对冷雪、孤枝。

按照古代文人雅士插花的美学，胆瓶最宜清供单枝花木，看上去，便如观音的净瓶一般空灵禅意。所以那胆瓶之中的梅，应该是瘦瘦的一枝斜逸吧，在呵气成冰的天气里，又孤清，又美丽。雪，不是人间富贵花。梅，此花不与群花比。它们是他的赏心知己，也是他的灵魂投射。

最后一句"心字已成灰"，又让人陡然生出"断肠人在天涯"的悲伤，且一语双关。依照南宋范成大在《骖鸾录》中的记载，心字香出自南国，制作工艺非常繁复，完全是以花酿香的工艺："用素馨茉莉半开者著净器中，以沉香薄劈层层相间，密封之，日一易，不待花蔫，花过香成。"

心字香，也是闺情词中的"常客"。如宋代蒋捷的《一剪梅》：

一片春愁待酒浇。江上舟摇。楼上帘招。秋娘度与泰娘娇。风又飘飘。雨又萧萧。

何日归家洗客袍。银字笙调。心字香烧。流光容易把人抛。红了樱桃。绿了芭蕉。

又如清代邹显吉的《望海潮》："暝色不胜愁。叹篆香心字，灰冷难留。"

而在纳兰这首小令里，暝色生愁，心字香烧，更有来自心底的孤寒，渗透了时间。闺阁之内，心字成灰，心亦成灰。独留半炉余温，一缕梦痕，寂寂如诉，至今沉吟。

秋千索（垆边唤酒双鬟亚）

渌水亭①春望

垆边唤酒双鬟亚②。

春已到、卖花帘下。

一道香尘③碎绿苹，

看白袷、亲调马④。

烟丝宛宛⑤愁萦挂。

剩几笔、晚晴图画。

半枕芙蕖⑥压浪眠，

教费尽、莺儿话⑦。

【笺注】

①渌水亭：明珠西郊别墅内的一个圆亭。亭边有荷塘，水波清灵，风景如画。也是纳兰平时与好友饮酒赋诗的雅集之所。纳兰有《渌水亭》诗："野色湖光两不分，碧云万顷变黄云。分明一幅江村画，着个闲亭挂西曛。"秦松龄则写："渌水亭幽选地偏，稻香荷花扑尊前。夜阑怕犯金吾禁，几度同君对榻眠。"渌水，即清澈之水。

②双鬟亚：少女因俯身倒酒而双鬟低垂。双鬟，古代少女婚前

所梳的发型，此处代指少女。

③香尘：此指马蹄扬起的灰尘。如柳永词句："遍九阳、相将游冶。骤香尘、宝鞍骄马。"

④白袷：古代的平民便服，也借指无功名的士人。此代指驯马（调马）的人。

⑤烟丝宛宛：柳丝柔软纤细，如轻烟弥漫。陆羽有诗句："宛宛如丝柳，含黄一望新。"

⑥芙蕖：荷花。

⑦教费尽、莺儿话：黄莺不停鸣叫。宋代王安国《清平乐·春晚》有词句："留春不住，费尽莺儿语。"

【译文】

当垆卖酒的少女低垂着双鬟，为客人倒酒。卖花人的帘下，已有春意蠢动。驯马的白衣少年疾驰而过，马蹄扬起的灰尘，搅碎一池绿萍。

池边的柳丝，纤细柔软，如绵绵轻烟，不知为何，却令人愁绪萦绕。日近黄昏，雨后初晴，渌水亭外的美景，只需添上几笔，即可成画。而我只想倚在荷花枕上，沉沉睡去，任那春光流逝，黄莺宛转。

【赏析】

渌水亭不仅风景宜人，还是纳兰的精神家园。身处京城，伴君左右，很多时候，望着那高耸的宫墙，巍峨的城楼，没来由地，他就会感觉胸口透不过气来。

有人星夜赶科场，有人辞官归故乡。每天都有那么多的人带着梦想来到京城，希望有天可以跻身名流，立于朝堂，锦衣玉食，光耀门楣。而这些旁人费尽心思想要企及的，却是他想要远离的。他自幼聪敏，读书可过目不忘，骑射可发无不中，入仕之后，又颇受皇帝宠信，不久便升至一等侍卫。他曾是整个家族的骄傲。但到底是从什么时候开始，他内心开始郁结丛生，块垒难消，生活仕途皆同嚼蜡了呢？他想不起来。每次失望的时候，思量往事，他就会头痛不已。

浮世若梦，为欢几何，不提也罢。幸而，家中还有渌水亭这么一个小型的避世之所，让他可以暂时剥离一切的纷争与身份，只做一个纯粹的文人，琴棋书画，诗酒花茶：

水浴凉蟾风入袂。鱼鳞蹙损金波碎。好天良夜酒盈尊，心自醉。愁难睡。西风月落城乌起。

——《天仙子·渌水亭秋夜》

很多个夜晚，因为愁绪萦怀，只觉好天良夜形同虚设，他坐在渌水亭中，对一壶酒，一张琴，一池凉风，直至月落。

或做一场雅集的主人，秉烛夜游，曲水流觞：那年夏夜，渌水亭边，荷叶田田，稻香氤氲，举座皆名士。他效仿王羲之和李白，在蜡烛上刻线为记，请友人们各自赋诗，无须铺张学海，但求直抒胸臆，如诗不成，则罚美酒。

当时，他写下一篇《渌水亭宴集诗序》，后被人称作清代最美的骈文，其文采与风流，足以与东晋的《兰亭集序》、唐代的《春夜宴从弟桃花园序》，以及北宋的《西园雅集图记》媲美——

清川华薄，恒寄兴于名流；彩笔瑶笺，每留情于胜赏。是以庄周旷达，多濠濮之寓言；宋玉风流，游江湘而讬讽。文选楼中揽秀，无非鲍谢珠玑；孝王园内搴芳，悉属邹枚黼黻。

予家象近魁三，天临尺五。墙依绣堞，云影周遭；门俯银塘，烟波滉漾。蛟潭雾尽，晴分太液池光；鹤渚秋清，翠写景山峰色。云兴霞蔚，芙蓉映碧叶田田；雁宿凫栖，粳稻动香风冉冉。设有乘槎使至，还同河汉之皋；倘闻鼓枻歌来，便是沧浪之澳。若使坐对庭前渌水，俱生泛宅之思；闲观槛外清涟，自动浮家之想。何况仆本恨人，我心匪石者乎。

间尝纵览芸编，每叹石家庭树，不见珊瑚；赵氏楼台，难寻玟瑰。又疑此地田栽白璧，何以人称击筑之乡；台起黄金，奚为尽说悲歌之地。偶听玉泉鸣咽，非无旧日之声；时看妆阁凄凉，不似当年之色。此浮生若梦，昔贤于以兴怀；胜地不常，曩哲因而增感。王将军兰亭修禊，悲陈迹于俯仰，今古同情；李供奉琼宴坐花，慨过客之光阴，后先一辙。但逢有酒开尊，何须北海；偶遇良辰雅集，即是西园矣。且今日芝兰满座，客尽凌云；竹叶飞觞，才皆梦雨。当为刻烛，请各赋诗。宁拘五字七言，不论长篇短制；无取铺张学海，所期抒写性情云尔。

在盛唐的桃李春风下，李白曾醉醺醺地写道："夫天地者，万物之逆旅也。光阴者，百代之过客也。而浮生如梦，为欢几何？"是夜，纳兰也像做了一场大梦。"开琼筵以坐花，飞羽觞而醉月"，多年后，再回首那场雅集，恍然已成为他人生中的极乐之宴。

又或是做一个格格不入的边缘人，看着西郊的集市、村居，热气腾腾的烟火气，一藉内心的山水田园之思：

红叶满寒溪。一路空山万木齐。试上小楼极目望，高低。一片烟笼十里陂。

吠犬杂鸣鸡。灯火荧荧归路迷。乍逐横山时近远，东西。家在寒林独掩扉。

——《南乡子·秋暮村居》

这首《秋千索·渌水亭春望》，虽有学者评价："点染春色，笔笔如画，风格清新俊逸。惯作伤感语的容若原来也能弹出轻快的春之旋律，使人耳目为之一新。"但细读之，还是能感受到，纳兰的笔端浸染着忧伤。

关于这首词的创作背景，可以在另外一首词中找到端倪。当时纳兰有个叫孙致弥的朋友，写了一首步韵之作：

流莺并坐花枝亚。帘影动、合欢窗下。绿绣笙囊紫玉箫，称鹿爪，调弦马。

宣和宫裱崔徽挂。恰侧畔、有人如画。几许伤春梦雨愁，都付与、鹦哥话。

——孙致弥《秋千索·容若侍中索和楞伽山人韵》

从这首和词中所写的纳兰的"侍中"身份，以及"恰侧畔、有人如画"来看，《秋千索·渌水亭春望》极有可能是作于康熙二十四年（公元1685年）的早春。

那个时候，沈宛还未回江南。那么那个与纳兰一起坐在合欢树下，静听莺歌，闲看花影的人，会是沈宛吗？不知道，只知道他依然愁绪萦怀。就像在《渌水亭宴集诗序》中，那样的良辰美景，岁月流金，他想到的也是浮生若梦，胜地不常。

文字或许可以收集梦痕，供他年怀念，可以将生命中的吉光片羽，都化作尘世的珍珠。

但对于他来说，如果说多情是一种选择，那么孤独便是一种天赋。世间好物不坚牢，彩云易散琉璃脆。他很早就明白，再鲜花着锦、烈火烹油的宴会，也会有花谢梦醒、曲终人散的那一天。唯有孤独，如天穹的星辰，岁岁年年，恒常如新。

卷二：爱如饮水，冷暖自知

人活一生，总有那么一桩两桩不遂愿的情事，成了心底的刺青，梦中的红笺，舌根深处的茶香，在夜深时，念念不忘，回响怦然，回甘绵软。

采桑子（谢家庭院残更立）

谢家^①庭院残更^②立，

燕宿雕梁。

月度银墙^③。

不辨花丛那辨香^④。

此情已自成追忆^⑤，

零落鸳鸯。

雨歇微凉。

十一年前梦一场。

【笺注】

①谢家：代指心上人的居所。

②残更：古人将一夜分为五更，第五更也称残更。

③银墙：月光下的粉墙。

④不辨花丛那辨香：化用元稹《杂忆》诗句："寒轻夜浅绕回廊，不辨花丛暗辨香。"那，通"哪"。

⑤此情已自成追忆：化用李商隐《锦瑟》诗句："此情可待成追忆，只是当时已惘然。"

【译文】

独自站在庭院里，望着你的闺阁，直至更漏滴尽，夜色阑珊。燕子依旧在雕梁上筑巢而眠，月光如约越过粉墙，但花影下再无你的身影与香息。

曾经的情事，如今已成了回忆。我还是失去了你。如今在雨后微凉的空气里，想念着你，想着十一年前，你尚在我的身边。一切真是恍然如梦。

【赏析】

一直很喜欢这首词，如纸上的呓语，让人宁愿在虚虚实实的典故里迷途。夜深寂无人，思念开且落，每一个字触及心底，都会与回忆产生一种微妙的共振，苦涩，忧伤，在微凉的月光下暗香浮动。然而梁启超先生却从词中看出了纳兰的炽热与浓烈："哀乐无常，情感热烈到十二分，刻画到十二分。"或许正应了那句"一片幽情冷处浓"，无论这首词是写给谁的，那个人的离去，无疑都给纳兰带来过心尖被撕裂的痛苦。而且那种痛苦，一辈子都无法修复。

这首词的写作背景也是扑朔迷离。从"十一年前梦一场"来看，像是写给入宫表妹的忆旧词，又像是写给卢氏的悼亡词——沈宛自然不成立的，他们之间从相遇到相爱，还不到一年的时间。但如果要一字一句地抽丝剥茧，倒是可以来看看元稹的《杂忆·其三》：

寒轻夜浅绕回廊，不辨花丛暗辨香。

忆得双文胧月下，小楼前后捉迷藏。

　　这首诗中的双文，正是元稹婚前的恋人，也就是《莺莺传》的女主角崔莺莺。元稹年轻时寓居蒲州，曾与远房表妹崔双文相恋，并私定终身。后来元稹入京参加科举考试，登科后即授校书郎，不久便娶京兆高官之女韦丛为妻。看似是为了仕途，但也不乏真情的成分。韦丛过世后，元稹为她写下多首悼亡诗，最有名的当属《离思·其四》：

曾经沧海难为水，除却巫山不是云。

取次花丛懒回顾，半缘修道半缘君。

　　只是不知，他写到"取次花丛"的时候，有没有想起被他辜负的双文？更不知在《杂忆》组诗里，他想起双文娇憨的模样，想起昔日蜜里调油的恋爱时光，在朦胧的月光下捉迷藏，在花丛中辨别她身上的香气……又是用怎样的身份，怎样的心情。但显然，不管是写给亡妻的深情诗篇，还是写给初恋的甜美回忆，纳兰对元稹的心事，都是颇有共鸣的。若不然，他也不会隔着迢迢的时光，敞开心扉，用一段甜而怅惘的记忆与之唱和：

卸头才罢晚风回，茉莉吹香过曲阶。

忆得水晶帘畔立，泥人花底拾金钗。

春葱背痒不禁爬，十指掺掺剥嫩芽。
忆得染将红爪甲，夜深偷捣凤仙花。

花灯小盏聚流萤，光走琉璃贮不成。
忆得纱橱和影睡，暂回身处妒分明。

——《和元微之杂忆诗》

纳兰运笔如画，寥寥数语，就已在诗中勾勒出一个娇俏可爱的小女子形象。那么那个在晚风中披着一身茉莉香气捡拾金钗，在深夜时偷采凤仙花染指甲，在粉墙下提着花灯小盏捕捉流萤，让他小心翼翼抱着她的影子入眠，忌妒月亮可以将她照亮的妙人儿，又是谁呢？

再看纳兰的一首《虞美人》，与这首《采桑子》也有异曲同工之妙：

银床渐沥青梧老。屧粉秋蛩扫。采香行处蹙连钱。拾得翠翘何恨不能言。

回廊一寸相思地。落月成孤倚。背灯和月就花阴。已是十年踪迹十年心。

——《虞美人》

如果再加上顾贞观那首步韵纳兰的《采桑子》，多情公子所忆的女子，乃是曾有婚约，却咫尺天涯的青梅恋人，便愈加说得通了：

分明抹丽开时候，琴静东厢。天样红墙。只隔花枝不隔香。
檀痕约枕双心字，睡损鸳鸯。辜负新凉。淡月疏棂梦一场。

——顾贞观《采桑子》

抹丽，即茉莉。茉莉花开的时候，琴弦与主人的心事一样沉默。重重宫墙（天样红墙），阻隔了恋人的目光，却不能阻隔延绵的相思。顾贞观懂纳兰，自是知晓纳兰那段刻骨铭心又无疾而终的情事，知晓他内心所有的郁结和怅憾。然而淡月依旧，鸳鸯零落，便也只能在文字里陪他梦一场。

"此情可待成追忆，只是当时已惘然"，元稹忆双文，将双文写进《莺莺传》，"以张生自寓，述其亲历之境"，或许是因为他辜负了佳人，问心有愧。

文字，从来都不是生命的附属，也不是一层生活的轻飘飘的包装，而是与情感骨肉相连的东西。是为了洞悉自我，寻找答案，安抚心事。每一个字，都是记忆的回响。但对于纳兰来说，那一份隐秘又炽热的爱与痛，因为隔着礼法和宫墙，便只能借着典故与唱和，在诗词里，在梦里，找一个微弱的出口。

　　套用一个张爱玲的句式——记忆这东西若有气味的话，对于纳兰来说，十一年前的那场梦，应该就是清凉又陈旧的月光下，伊人鬓边浮动的茉莉香气，是流萤映雪的少年心事，是一辈子都无法忘却的甜蜜和忧愁。

浣溪沙（五字诗中目乍成）

五字诗中目乍成^①。

尽教残福^②折书生。

手捼^③裙带那时情。

别后心期和梦杳^④，

年来憔悴与愁并。

夕阳依旧小窗明。

①五字诗：五言诗。目乍成：眉目传情，缔结盟誓。出自晚明诗人王彦泓的《有赠》："矜严时已逗风情，五字诗中目乍成。"

②残福：短暂的福分。也是化用了王彦泓的《梦游》诗句："相对只消香共茗，半宵残福折书生。"

③手捼裙带：用手摆弄裙带，指少女羞涩的情态。

④心期：相思。和梦杳：和梦一样幽暗、深远。

【译文】

情意都写在了诗句里，通过她读诗的眼神，我也读懂了她的心。只是，我一介书生，福薄命微，难以长久拥有她的垂爱。却难忘那时，她摆弄裙带的羞涩神态和脉脉柔情。

自从我们分别之后，我的相思就入了梦境，是那样幽暗、深远、缠绵，就像这一年来，剪不断的憔悴与哀愁。只有小窗之外，夕阳依旧，不染人间的悲欢离合。

【赏析】

这首词上片写回忆，爱情萌芽时的怦然心动、灵犀互通，有着游园惊梦般的甜蜜与欢喜。下片写相思，分别之后的忧伤和痛苦，爱而不得的绝望与无奈，如咸湿的潮汐，一浪一浪漫过心尖。最后一句"夕阳依旧小窗明"又不禁让人想起聂鲁达的诗歌——

今夜我可以写下最悲伤的诗篇，

比如写下："夜色中星河漫天，蓝色的星子在远方轻轻战栗。"

晚风在天空中旋转和放歌……

我聆听着辽阔的夜，因她的离去而愈加辽阔。

诗句滴落心间，如同露水滴落草原。

若不能拥有她，我的爱又有什么意义？

星空依旧，而我已失去了她。

这就是一切。远处有人歌唱，在远方。

因为失去了她，我的灵魂充满了悲伤。

我用目光将她寻访，仿佛可以离她更近，

我的灵魂将她寻访，而她并没有到来。

相同的夜点亮了相同的树，

我们已不再如初。

……啊，爱情太短暂，遗忘太久长。

聂鲁达的这首诗是写给他初恋情人的，与那个女孩分开后，他每天都饱受相思之苦，爱而不得，痛不欲生，只有文字是情绪唯一的出口，于是便有了《二十首情诗和一首绝望的歌》。但在聂鲁达那一卷浩瀚的罗曼史中，他最爱的女子，却不是他的初恋，而是他的灵魂伴侣，也是他的第三任妻子——玛蒂尔达。这或许就像很多人的爱情一样，最初遇见的那一个，通常都不是最后相守的那一个。

放眼纳兰的一生，他也有过三段珍贵又凄美的爱情，青梅竹马的表妹、琴瑟和鸣的卢氏，还有最后的恋人——红颜知己沈宛。很难说，他最爱哪一个，因为每一次恋爱，他都会倾其所有。而且她们每一个，又都有着不可替代的风情与美丽，有人是朱砂痣，有人是白月光，也有人是他竹马少年时，用虔诚的、轻轻战栗的心，采撷的第一个梦。

这首词所作年代不详，背景也没有资料可考。不过单从词意来看，倒真有几分如旁人所说，纳兰在词中所思念的女子，乃是他的初恋，也就是与他情投意合、后选秀入宫的表妹。

清代笔记小说里曾记载有一段：

"纳兰眷一女，绝色也，有婚姻之约，旋此女入宫，顿成陌路。容若愁思郁结，誓必一见，了此夙因。会遭国丧，喇嘛每日应入宫唪经，容若贿通喇嘛，披袈裟，居然入宫，果得彼姝一见。而宫禁森严，竟如汉武帝重见李夫人故事，始终无由通一词，怅然而去。"

一入宫门深似海，为了与日夜思念的恋人相见，纳兰不惜冒险买通喇嘛，披着袈裟去见她。无奈宫规森严，纵然相逢咫尺，也已是云泥之遥、山长水远，便只能沉默不语，用眼神相诉幽怀。后来纳兰写过一首小词，又恰如昔日情景再现：

相逢不语。一朵芙蓉著秋雨。小晕红潮。斜溜鬟心只凤翘。
待将低唤。直为凝情恐人见。欲诉幽怀。转过回阑叩玉钗。

——《减字木兰花》

若正如笔记小说里记载的这般，那么通过这两首词，我们便有幸看到了他一生中爱情的源头，是那么明澈，那么甜美。然后，在命运的翻云覆雨之下，又是如何的九曲蜿蜒，淌过激流险滩，流向往后的波澜壮阔、浩瀚幽深。

采桑子（拨灯书尽红笺也）

拨灯书尽红笺①也，

依旧无聊②。

玉漏③迢迢。

梦里寒花④隔玉箫。

几竿修竹三更雨，

叶叶萧萧。

分付秋潮⑤。

莫误双鱼到谢桥⑥。

【笺注】

①红笺：红色的信笺，此指写给恋人的情诗或书信。

②无聊：空虚、苦闷。见《楚辞·九思》："心烦愦兮意无聊，严载驾兮出戏游。"

③玉漏：古代用来计时的漏壶的雅称。如秦观《南歌子》："玉漏迢迢尽，银潢淡淡横。"

④寒花：寒冷季节开放的花，多指菊花。

⑤秋潮：秋天的潮水。古人因潮起潮落有律可循，故将潮水视为信诺的象征。潮来，即信至。如唐代李益的《江南曲》诗句：

"早知潮有信，嫁与弄潮儿。"

⑥莫误双鱼到谢桥：希望书信可以如期送到恋人家里。双鱼：本意是装书信的木盒，一底一盖刻成鲤鱼形状。后多代指书信。谢桥：代指心上人居住的地方或幽会之所，与"谢娘""谢家"相通。如晏几道《鹧鸪天》词句："梦魂惯得无拘检，又踏杨花过谢桥。"

【译文】

拨亮灯盏，写完这封书信，内心依旧一片沉郁。玉漏声中，夜色又深了一层。梦里有黄花寂寥，玉箫幽咽，却看不清她的脸。

半夜时分，雨点打在竹叶上，声音如此凄然。只愿这场雨后，我的书信可以如期送至她的手中。

【赏析】

这首词没有确切的写作背景，但从所引用的意象与典故来看，似在思念一位女子。

首先是红笺。红笺是信笺的雅称，也是唐代才女薛涛自创的一种诗笺的名字。薛涛前半生是名伎，后半生是诗人，一生都活在传奇中。

三十岁那年，薛涛脱离乐籍，搬到浣花溪畔居住，从此沉心诗书，经常与当朝的才子们唱和。为了题诗，她自制诗笺——取胭脂木，加玉女津井水泡软捣浆，滴入花汁，掺上云母粉，精心制作成小尺寸的"红笺"，有深红、粉红、杏红、明黄、鹅黄、深青、浅青、深绿、铜绿和浅云共十色，又被人称作"薛涛笺""浣花笺"。

而且红笺生成后，还有天然的松花纹理，云母的点点荧光，暗自浮动的花香，情意涓涓的墨痕，收到这样的诗句，怕是再坚硬的心，也会化作绕指柔。太浪漫，又太珍贵。也难怪韦庄在诗里写：

> 人间无处买烟霞，须知得自神仙手。
> 也知价重连城璧，一纸万金犹不惜。

其实万金不换的，除了笔底的烟霞，还有一位美好女子内心的智慧与情意。

然后是玉箫。唐人笔记小说《云溪友议》中，玉箫是一个痴情女子的名字，关于一段生死不渝的盟约。

唐代中期名臣韦皋年轻时游历江夏，曾与一个名叫玉箫的姑娘相恋。后来韦皋因要事离开，便与玉箫约定，少则五载，多则七年，定来接她，并留下一首诗和一枚玉指环为信物。怎料玉箫一等，就是七年。鹦鹉洲上，江水悠悠，第八年的春天，玉箫还是没能等到韦皋，叹道："韦家郎君，一别七年，是不来耳。"遂绝食而亡。家人将玉箫下葬时，因感念她的痴心，就把韦皋留下的玉指环戴在了她的中指上。再后来，韦皋做官坐镇西蜀，听闻玉箫死因，伤心不已，于是每日抄写佛经，广修佛像，以报夙心。

黄雀衔来已数春，别时留解赠佳人。

长江不见鱼书至，为遣相思梦入秦。

数年后，怀念玉箫的韦皋又请方士做法，终于见到了佳人的魂魄。玉箫告诉韦皋，因为他礼佛的虔诚，她已获得托生的机会，待机缘一到，就会与他再续前缘。

如此又过了十余年。一日，恰逢韦皋生日，他的下属送来一名歌伎，相貌和名字竟与玉箫一模一样。他再看那歌伎的中指，隐约还有一个肉环，便知是玉箫践约而来。

因为有情，生者可以死，死者亦可以生。原来牡丹亭之前，已有玉箫旧约。

最后，是谢桥。纳兰在另一首词中也写到了谢桥：

谁翻乐府凄凉曲？风也萧萧。雨也萧萧。瘦尽灯花又一宵。

不知何事萦怀抱？醒也无聊。醉也无聊。梦也何曾到谢桥。

——《采桑子》

是谁在唱凄凉的词曲？在这风雨潇潇的夜晚，勾起我内心的忧愁。灯花落尽后，又是一夜无眠。到底是什么事让我如此伤怀？无论是醉是醒，都是这般空虚，苦闷。就连梦里，都无法抵达她的身边。

这首词被梁启超称为"时代哀音"，"眼界大而感慨深"，不禁又令人想起王国维对纳兰的评价："以天赋之才，崛起于方兴之族。其所为词，悲凉顽艳，独有得于意境之深，可谓豪杰之士，奋乎百世之下者矣。"

而浣花溪，则成了他梦中不可引渡的天涯：

短焰剔残花，夜久边声寂。倦舞却闻鸡，暗觉青绫湿。
天水接冥蒙，一角西南白。欲渡浣花溪，远梦轻无力。

——《生查子》

散帙坐凝尘，吹气幽兰并。茶名龙凤团，香字鸳鸯饼。
玉局类弹棋，颠倒双栖影。花月不曾闲，莫放相思醒。

——《生查子》

阅读，一如揽镜照心，自当屏息凝神。他们看到的是时代与格局，是因为他们心里装着时代与格局。而大多数的人，喜欢的却是纳兰笔下那静水流深的孤独，与延绵不绝的情思。读他，便犹如自述，忧伤的气息浮现，肌理纵深，若有余温。人活一生，总有那么一桩两桩不遂愿的情事，成了心底的刺青，梦中的红笺，舌根深处的茶香，在夜深时，念念不忘，回响怦然，回甘绵软。不如让时代的归时代，自我的归自我。

夜阑卧听风吹雨，唯有相思入梦来。

忆江南（心灰尽，有发未全僧）

宿双林禅院①有感

心灰尽，有发未全僧②。

风雨消磨生死别，似曾相识只孤檠③。

情在不能醒。

摇落后，清吹④那堪听。

淅沥暗飘金井⑤叶，乍闻风定又钟声。

薄福荐倾城⑥。

【笺注】

①双林禅院：即西域双林寺，位于北京阜成门外二里沟，明代所建，清末所毁。当时是卢氏去世后的灵柩安放处。

②有发未全僧：意思是除了没有落发，已与僧人无异。见陆游《衰病有感》："在家元是客，有发亦如僧。"

③孤檠：孤灯。

④清吹：秋风。

⑤金井：井栏上有雕饰的井，悲秋意象之一。

⑥荐倾城：荐，祭献，请僧人做佛事超度香魂。倾城，代指卢氏。

【译文】

我心如死灰，虽不曾剃度出家，但内心已与僧人无异。我们也曾经历风雨，转瞬却是生死离别。如今只有一盏孤灯，似曾相识，与我相伴。在思念的深渊中，我无法走出。

这样的季节，草木凋零，秋风凄厉，听着黄叶飘落井栏，真是令人无限伤感。风停了，寺庙里又响起了钟声。就让我这个薄福之人，在此虔诚守护你的香魂。

【赏析】

康熙十六年（公元1677年）五月三十日，卢氏因患产后病去世，年仅二十一岁。卢氏故去后，灵柩停放在双林禅院，一直到康熙十七年（公元1678年）七月才下葬。按照词意推测，纳兰这首词应是写于康熙十六年的秋天。

是日，纳兰去为亡妻守灵，夜宿双林禅院，想起往昔恩爱，不禁又柔肠寸断。痛是一个动词，个中滋味，或许再好的诗词也不可描述其万一：

挑灯坐，坐久忆年时。薄雾笼花娇欲泣，夜深微月下杨枝。催道太眠迟。

憔悴去，此恨有谁知。天上人间俱怅望，经声佛火两凄迷。未梦已先疑。

——《望江南·宿双林禅院有感》

秋去冬来，才过雨雪霏霏，又是杨柳依依。一个春月夜，在双林禅院，他挑灯枯坐，坐尽深宵，在回忆里憔悴落泪。卢氏香消玉殒，他也成了双林禅院的未全僧，人间的惆怅客，千古的伤心人。自此之后，忧伤入髓，无药可医；红尘苦海，无舟可渡。

客夜怎生过。梦相伴、绮窗吟和。薄嗔伴笑道，若不是恁凄凉，肯来么。

来去苦匆匆，准拟待、晓钟敲破。乍偎人、一闪灯花堕，却对著、琉璃火。

——《寻芳草·萧寺记梦》

要如何度过这客居在外的长夜呢？

在梦中，有她相伴，绮窗边，月色流泻，映照着她美丽的侧脸。他正与她一起吟和诗句，她却突然哀怨起来，面色微有嗔怒，强作欢笑道："若不是你太过凄凉，怎肯来此萧寺，与我相会？"

奈何她每次来去都是匆匆。她依偎在他身边，钟声破晓，便要闪身离去。只见灯花还在坠落，她的身影就已消失不见。而那梦醒之人，又要独对琉璃灯火，陷入更深的孤寂。以至于他怕情在不能醒，却宁愿永在睡梦中，就像一个躲在被时间遗忘的洞穴中，抱着回忆过冬的人。

抛却无端恨转长。慈云稽首返生香。妙莲花说试推详。

但是有情皆满愿。更从何处著思量。篆烟残烛并回肠。

——《浣溪沙》

卢氏的灵柩在双林禅院停放了一年多的时间，下葬前，纳兰依旧万分不舍。他写信给张见阳："亡妇柩决于十二日行矣，生死殊途，一别如雨。此后但以浊酒浇坟土，洒酸泪，以当一面耳。"

爱是什么？爱就是为了一个人，愿意从自由的天堂，堕入无边的地狱。所以也可以说，纳兰一辈子都没能走出失去爱人的伤痛。他写"抛却无端恨转长"，写"心灰尽"，写"情在不能醒"，日日夜夜，青灯梵呗，暮鼓晨钟，只希望可以借助某种神秘的力量，让自己寻得心灵的解脱。

十九岁那年，纳兰曾因寒疾错过殿试。下一次殿试，则需要等待三年的时间。那三年，他经常待在渌水亭里，批读经史，会宴良朋，并将心得和传述写成了一本《渌水亭杂识》，从诗词历史，到九州风物，从道术佛法，到山海异闻，还有茶道、兵器、建筑、音乐……内容可谓包罗万象。

在序言中，他写道：

癸丑病起，披读经史，偶有管见，书之别简。或良朋莅止，传述异闻，客去辄录而藏焉。逾三四年，遂成卷，曰《渌水亭杂识》，以备说家之浏览云尔。

　　他读《妙法莲华经观世音菩萨普门品》，得知观世音菩萨悲心救苦，不舍众生，若有无量百千万亿众生受诸苦恼，只要听过观世音菩萨，一心诵念其名号，观世音菩萨就会立即听到音声，让所有的人得到解脱。

　　他被东方朔所写的《海内十洲记》吸引，里面记载聚窟洲有一座神鸟山，山上有返魂树，如果砍下这种树的树根和树心，在玉釜里煮成汁、煎成丸，就可以制作成"惊魂香"，也就是"返生香"。即便是埋在地下的死者，一闻到它的香气也可以重返人间，而且复活之后，再也不会死去。

　　还有《楞伽经》，经书里说楞伽山乃古昔诸仙贤圣得道入化之处，山中有无量花园香树，微风吹拂，枝叶摇曳，百千妙香一时流布，百千妙音一时俱发。重岩屈曲，处处仙境，无数众宝共成灵堂、龛窟，内外明澈，不能复现日月之光辉。

　　白居易就曾写过一首《见元九悼亡诗因此以寄》：

> 夜泪暗销明月幌，春肠遥断牡丹庭。
> 人间此病治无药，唯有楞伽四卷经。

　　于是，卢氏过世后，纳兰又给自己起了一个别号，名为"楞伽山人"。他相信佛心广大，犹如大云覆盖世界，可以普度众生。

他在痛苦的深渊中不断称念观世音菩萨的名号，双手合十，虔诚稽首，求菩萨赐给亡妻一丸"返生香"。

然而佛法到底无法减轻他的悲伤。菩萨也没能听到他的祈求。就像楞伽山又称难往山、可畏山、险绝山，非凡愚可入——而他，正是世间最深情的痴人。他不知如果世间真有返生香，那么也一定有忘川水。他不知伊人已逝，只有活着的人，才会继续在人间承受死别的苦难。而他，才是一份最悲伤的遗物。

一生一代一双人，争教两处销魂。相思相望不相亲。天为谁春。

浆向蓝桥易乞，药成碧海难奔。若容相访饮牛津。相对忘贫。

——《画堂春》

"一生一代一双人，争教两处销魂"，"心灰尽，有发未全僧"，那么美好的灵魂，却要日夜为爱憔悴，心灰意冷。只因忘不了、放不下。卢氏过世八年后，纳兰大病一场，随之而去。那一天，康熙二十四年（公元1685年）五月三十日，也是卢氏的忌辰。巧合到很多人都不愿意相信是巧合，而宁愿相信是上天曾被他的深情感动过。梁佩兰写挽诗悼念：

佛说楞伽好，年来自署名。

几曾忘凤慧，早已悟他生。

纳兰真的是五蕴皆空，忘却凤愿了吗？如果是，忌辰的巧合便毫无意义。如果不是，那么这首诗，与其说是注解，不如说是祝福。祝福公子，忘却今生忧，来生早悟道，不要再为情所困，活得这么疲惫而痛苦。

浣溪沙（谁念西风独自凉）

谁念西风独自凉。

萧萧黄叶闭疏窗[①]。

沉思往事立残阳。

被酒[②]莫惊春睡重，

赌书消得泼茶香[③]。

当时只道是寻常。

【笺注】

①疏窗：镂刻花纹的窗户。

②被酒：醉酒。

③赌书消得泼茶香：指夫妻琴瑟和鸣的美好日子。典出李清照《金石录后序》："余性偶强记，每饭罢，坐归来堂，烹茶，指堆积书史，言某事在某书某卷第几页第几行，以中否角胜负，为饮茶先后。中即举杯大笑，至茶倾覆怀中，反不得饮而起，甘心老是乡矣！"

【译文】

独自站在西风中，秋天的凉意令人愈加寂寞。黄叶摇落，疏窗紧闭，残阳之下，沉溺于往事的人，久久不可自拔。

　　曾经，我和她在夜间畅饮谈笑，翌日清晨依然春睡沉沉。我们赌书泼茶，在书香和茶香里消磨着岁月。如今，那美好又珍贵的往昔都已远逝了，当初却以为不过是寻常的生活。

【赏析】

　　这是纳兰写给卢氏的悼亡词。

　　在这首词中，纳兰用到了一个"赌书泼茶"的典故，也可以进一步说明他和卢氏的伉俪情深，志趣相投。这个典故出自李清照的一篇序言，也是她在暮年时回首往事的一声叹息，以及对丈夫的悼念。那个时候，山河破碎，北归无望，她颠沛半生之后，孤身一人寄居江南，依旧不忘为丈夫整理遗作，却只能用前半生的回忆，来慰藉自己千疮百孔的心。

　　她想起曾与丈夫屏居青州，经常在饭后到归来堂读书烹茶，她自恃记忆甚好，便指着堆积的史书，断言某一典故出自哪一本书、哪一卷，第几页、第几行，再与丈夫以猜中与否来定胜负，猜中的人即可先饮茶一杯。而每次他们都是输了的人佯装愠怒，猜中的人忍不住举杯大笑，然后一不小心就会把茶水倾覆在怀中，反而一口都没有饮到。

　　"甘心老是乡矣！"她是甘愿就那般与良人相守到老的。

　　也正是在青州，她从陶渊明《归去来兮辞》的诗句"倚南窗以寄傲，审容膝之易安"中采撷"易安"一词，自号"易安居士"，表明终老青州的心迹。然而世事变幻，一个小女子的心愿放在任何一个风起云涌的时代，都只是花自飘零水自流。后来，赵明诚去外地做官，再后来，金兵入侵，家国风雨不息，李清照就一直活在了不安和等待里。那一段"赌书泼茶"的岁月，她再也回不去了。

当时只道是寻常！

而根据卢氏的墓志铭所述，卢氏出身名门，是一位美丽优雅、腹有诗书的妙人儿："生而婉娈，性本端庄，贞气天情，恭容礼典。明珰佩月，即如淑女之章；晓镜临春，自有夫人之法。幼承母训，娴彼七襄；长读父书，佐其四德。"纳兰对卢氏则是"悼亡之吟不少，知己之恨犹深"。

知己一人谁是？已矣。赢得误他生。有情终古似无情。别语悔分明。

莫道芳时易度。朝暮。珍重好花天。为伊指点再来缘，疏雨洗遗钿。

——《荷叶杯》

在这个世界上，人与人之间，本是各自孤独，度过漫长的一生。我们遇到婚姻，遇到爱慕，都不及遇到懂得来得珍贵。据说，茫茫人海，一个人遇到灵魂伴侣的概率仅为百分之五十三。卢氏，不仅是纳兰举案齐眉的结发妻子，更是与他心意契合的红颜知己，志趣相投的灵魂伴侣。

晚晴词人况周颐在《蕙风词话》里说"当时只道是寻常"这一句是《浣溪沙》的词心，"酒中茶半，前事伶俜、皆梦痕耳"。"当时只道是寻常"，也是因为自卢氏过世之后，他就再也没能遇到那样的人。在他心里，卢氏是永远不可替代的。包括与之共度的时时刻刻、暮暮朝朝。往事如梦痕，不可触及又痛彻心扉，真的是"知己之恨"。而纳兰对卢氏的爱，又不禁令人想起一位意大利诗人笔下的诗句。虽已被人引用了无数次，但每次读到，依然觉得深情唯美，如春水漫过心田，微微战栗，可穿透空间和时间：

浮世三千，吾爱有三，日月与卿，日为朝，月为暮，卿为朝朝暮暮。

所以，伊人逝后，爱的天空便黯然失色。

蝶恋花（辛苦最怜天上月）

辛苦最怜天上月^①。

一昔如环，昔昔都成玦^②。

若似月轮终皎洁。

不辞冰雪为卿热^③。

无那^④尘缘容易绝。

燕子依然，软踏帘钩说^⑤。

唱罢秋坟愁未歇^⑥。

春丛认取双栖蝶^⑦。

【笺注】

①天上月：此处代指亡妻。纳兰曾梦见卢氏执手赠诗："衔恨愿为天上月，年年犹得向郎圆。"

②昔昔都成玦：昔，通夕。玦，环形有缺口的美玉。《广雅》说："玦，如环，缺而不连。"

③不辞冰雪为卿热：典出《世说新语·惑溺》：三国曹魏玄学家荀粲与妻子情意甚笃，有年冬天，妻子高烧不退，荀粲便脱掉衣服，去风雪交加的庭院里"取冷"，如此再三，用冰冷的身体为妻子降温。

④无那：无可奈何。

⑤燕子依然，软踏帘钩说：燕子依旧停在帘钩上，温软地呢喃。化用李贺《贾公闾贵婿曲》诗句："燕语踏帘钩，日虹屏中碧。"

⑥唱罢秋坟愁未歇：指哀愁不会随着诗词的产生而消散。化用李贺《秋来》诗句："秋坟鬼唱鲍家诗，恨血千年土中碧。"

⑦春丛认取双栖蝶：到春天的花丛中辨认双宿双飞的蝴蝶。见李商隐《偶题二首》诗句："春丛定是双栖夜，饮罢莫持红烛行。"

【译文】

天上明月的辛苦，最是令人怜惜。近一个月的夜夜残缺，才能换取一夕的完满。如果天上月可以每夜皎洁完满，就像天下有情人可以每天相守不离——那么让我付出什么代价都可以。

无奈尘缘易断，她已不在人间。只有曾经相识的燕子，还依旧会到来，停驻在帘钩上，亲昵地呢喃。我的哀愁，却不会随着诗词的产生而终结。希望来世我们可以做一对无忧无虑的蝴蝶，在春天的花丛中认出对方，双宿双飞。

【赏析】

这首词是纳兰的代表作之一，依然是悼念亡妻——"深情人作深情语，伤心人作伤心语"，"秋坟鬼唱，化蝶双栖，皆是死别之词"。

他写"不辞冰雪为卿热"，因为他深深认同荀粲对妻子的情意。结果却是，荀粲的做法并没有得到上天的垂怜，他的妻子还是病逝了。荀粲也郁郁而病，不久后便追随亡妻而去。不知道想到这个典故的结局时，纳兰的脸上有没有浮现出一丝复杂的神情，有感动，有怅然，有痛楚，还有那么一点欣羡。尽管那个写下"秋坟鬼唱鲍家诗"的李贺，早就写过了"天若有情天亦老"——但情深若此，不可同生，却能共死，也是一种成全吧。

关于"双栖蝶"，《独异志》里记载的则是另一个与《梁祝》不同的典故：战国时期，宋康王强夺舍人韩凭之妻，并派韩凭修筑青陵台，导致韩凭在绝望之余跳下青陵台。韩凭自杀后，韩凭之妻便将衣服暗自腐化，待与宋康王一起登上青陵台时，纵身一跃——惊愕的宋康王想拉住她，却只拉住了一片衣角。

如此，宋康王为了解恨，令人将韩凭夫妻分开埋葬。而很久很久之后，韩凭夫妇的坟墓上，便多了一对双栖双飞的蝴蝶。

> *花丛冷眼，自惜寻春来较晚。知道今生，知道今生那见卿。*
> *天然绝代，不信相思浑不解。若解相思，定与韩凭共一枝。*
>
> ——《减字木兰花》

纳兰还曾写诗感叹：

> 帐中人去影澄澄，重对年时芳苡灯。
>
> 惆怅月斜香骑散，人间何处觅韩冯。

所以，对于卢氏，纳兰是愿意为她付出生命的。为爱而死，在他心里，更是有着"化蝶"一般的凄美。想起马尔克斯在他的书里说："我对死亡感到唯一的痛苦，便是没能为爱而死。"如果痛苦可以量化，那么从生物学的角度来说，生命的终结、消散，与永失我爱的悲哀、凄怆相比，或许真算不了什么。

这首《蝶恋花》，写作时间大约是康熙十六年（公元1677年）的重阳前后。"衔恨愿为天上月，年年犹得向郎圆。"——彼时，纳兰与亡妻在梦中有过一次短暂的相会。临别时，她将自己比作天上的月亮，从此，在他的心伤里幽居。从此，他再看那天上的月亮，也多了一层特别的情愫。

> 萧萧几叶风兼雨，离人偏识长更苦。欹枕数秋天，蟾蜍下早弦。
>
> 夜寒惊被薄，泪与灯花落。无处不伤心，轻尘在玉琴。
>
> ——《菩萨蛮》

愿我如星卿如月，夜夜流光相皎洁。似这般，他把自己的心愿、相思，以及眼泪写在纸上，填入词中，诉于琴弦，被许许多多的人记录、感叹、传唱。于是我们便可以沿着时光的脉络，在文字的世界里抽丝剥茧，看到他内心的细枝末节。那些文字，是他情感的载体和线索，也是世间最温柔的化石。多少一往情深，依然余温宛在。

虞美人（春情只到梨花薄）

春情只到梨花薄①。

片片催零落。

夕阳何事近黄昏。

不道人间犹有未招魂②。

银笺③别梦当时句。

密绾同心苣④。

为伊判作梦中人。

长向画图清夜唤真真⑤。

【笺注】

①梨花薄：梨花丛生之处。薄，古文中指草木丛生的地方，"聚木曰丛，深草曰薄"。

②未招魂：代指亡妻。

③银笺：白色的信笺。

④同心苣：织有苣状图案的同心结，象征爱情，如牛峤《菩萨蛮》词："窗寒天欲曙，犹结同心苣。"苣，用苇秆扎成的火炬。

⑤真真：传说中南岳山上的仙子，后在诗文中泛指美人。此处指纳兰的亡妻卢氏。

【译文】

春意深深，那些盛放的梨花却要片片凋零。夕阳正好，可惜已近黄昏。时间如此迅疾，我还没来得及招回她的灵魂。

素白的信笺上，昔日诗句依旧清晰可见。我们一起绾成的同心结也依旧完好如初。如果可以与你重逢，我宁愿每天生活在梦中。然而终究只能对着你的画像，在每个夜间，轻唤你的芳名。

【赏析】

春深似海，梨花满地。黄昏转瞬即逝，清夜沉默如迷。

读纳兰的这首词，想起《徒然草》里那句——人心是不待风吹而自落的花。生命又何尝不是呢？卢氏故去后，纳兰的一部分内心也跟着萎谢了。如花美眷，敌不过命运的似水流年：

惆怅彩云飞，碧落知何许。不见合欢花，空倚相思树。
总是别时情，那得分明语。判得最长宵，数尽厌厌雨。

——《生查子》

东风不解愁，偷展湘裙衩。独夜背纱笼，影著纤腰画。
蘸尽水沉烟，露滴鸳鸯瓦。花骨冷宜香，小立樱桃下。

——《生查子》

唐人杜荀鹤所编撰的《松窗杂记》中记载：

进士赵颜曾在画工那里看到一幅软幛，只见幛上所画女子容貌美丽，飘然若仙。赵颜对画工说："这样的女子世间是没有的，如果她有生命，我定娶她为妻。"画工便告诉他："这是一幅特别的画，画中女子名叫真真，你只要呼唤她的名字一百天，昼夜不歇，她就会被你的诚心感动，应声而答。到时候，你再以百家彩灰酒灌之，她就获得生命了。"

如此，赵颜将画带回家中，依言而行，百日之后，真真果然走下画来，嫁给了赵颜。但好景不长，三年后，真真为赵颜生下了一个男孩，赵颜却疑心真真是妖，还从朋友那里拿回了一把斩妖剑。真真看到剑后，含泪道："我本是南岳山的仙女，你既将我唤出，如今又疑我，我是不能留下了。"于是，真真呕出了百家彩灰酒，又回到了画中，容颜姿态皆如往昔，只是身边多了一个男孩……

想来，纳兰是相信这个故事的。所以他写，"长向画图清夜唤真真"。

泪咽却无声。只向从前悔薄情。凭仗丹青重省识，盈盈。一片伤心画不成。

别语忒分明。午夜鹣鹣梦早醒。卿自早醒侬自梦，更更。泣尽风檐夜雨铃。

——《南乡子·为亡妇题照》

在那个春天，在一个又一个的清夜里，他就那般捧着亡妻的信物，回忆着昔日的时光，对着她的画像，柔声呼唤她的名字，希望用诚心穿越生死的屏障，与她的香魂重续尘缘。然而生死相隔，纵妙笔天成，也难画伤心。盈盈一水间，脉脉不得语。深情如斯，徒然如斯。多像一个孜孜不倦地在水中打捞月亮的人。

减字木兰花（晚妆欲罢）

新月

晚妆欲罢。

更把纤眉临镜画①。

准待②分明。

和雨和烟两不胜③。

莫教星替④。

守取团圆⑤终必遂。

此夜红楼⑥。

天上人间一样愁。

【笺注】

①"晚妆"二句：将等待新月初生的过程，比作等待佳人临镜画眉。

②准待：准备等待。

③和雨和烟两不胜：指烟雨蒙蒙，看不清新月的模样。

④莫教星替：虽然月亮隐没了，但也不必用星光来代替。

⑤守取团圆：等待月圆。同时一语双关，指等待与亡妻团圆的心愿。

⑥红楼：天上宫阙，神仙住所。此指亡妻香魂所在。

【译文】

夜幕之上，新月初生，一如佳人晚妆后，临镜所画的纤眉。本想等雨烟散去，好将新月看得分明，怎料烟雨缠绵，天地间一片朦胧。

即便如此，我也不愿用星光来代替月亮。因为我相信新月终会圆润皎洁，就像相信只要耐心等待，与她团聚的愿望就会实现。只是今夜，天上的她，与人间的我，在同样的相思里，尚有着同样的哀愁。

【赏析】

这首词，纳兰看似写新月，实则还是在写对亡妻的情意——情有独钟，无意续弦。睹物思人，触绪还伤自不必说。他看着天上的新月，想起了亡妻的纤眉，往昔恩爱，历历浮现，他又想起曾在这样的夜晚，为她指月为誓，一诺磐石。如今，纵然天人相隔，夜夜孤眠，肝肠寸断，他也不会违背当初的承诺。在另一首词中，纳兰如此写道：

烛花摇影。冷透疏衾刚欲醒。待不思量。不许孤眠不断肠。

茫茫碧落。天上人间情一诺。银汉难通。稳耐风波愿始从。

——《减字木兰花·烛花摇影》

　　从词意来看，两首词似乎是同一时期的作品，大约写于卢氏去世之后，续娶官氏之前。

　　康熙十六年（公元1677年）五月，卢氏亡故。九月初六，重阳节前夕，纳兰做了一个梦，他梦见亡妻一袭素衣，妆容清淡，依稀还是从前的模样。执手哽咽间，她对他说了很多话，但梦醒后，那些话他都不记得了，只记得临别时她所念的一句残诗——"衔恨愿为天上月，年年犹得向郎圆。"梦痕散尽，残诗难续，他当即深哭了一场。他又想起卢氏在世时素未工诗，不知为何会得此诗句。或许，正是因为人间天上，尘缘未断，他与亡妻之间，依旧心有灵犀。

　　"莫教星替"，则是典出李商隐《杂歌谣辞·李夫人歌》："一带不结心，两股方安髻。惭愧白茅人，月没教星替。"

　　李夫人，古诗中"一顾倾人城，再顾倾人国"的绝世佳人，也是汉武帝一生中最宠爱的妃子。李夫人亡故后，汉武帝对她日思夜念，甚至不惜令方士招魂，与之一见。白茅人，即是指身穿羽衣、立于白茅之上的方士。在李商隐的诗里，他用白茅人来比喻劝自己续弦的人。彼时，李商隐的妻子王氏已过世，有人欲将一美貌歌伎许配给他，但他认为自己与那位歌伎并不投契，就像两根拧不到一处的绳子，是无法永结同心的。他还将妻子亡故比作"月没"，将歌伎欲嫁比作"星替"，然后一并写在诗中，婉拒续弦。

　　纳兰这边，卢氏过世三年之后，他才迫于父母之命，极不情愿地续娶了官氏。就像李商隐所说，"一带不结心，两股方安髻"，官氏虽是名门闺秀，但她并没有俘获丈夫的心。他们之间，空有夫妻之名，并无伉俪之情。

纳兰在词中引此典故，更是心思昭然。弱水三千，只取一瓢。以彼深情，慰我执念。放眼世间，美好的女子多如繁星，而卢氏，却只有一人。她生前，是他情投意合的妻。她故后，也是他心尖上的白月光，不可替代，不能遗忘。

浣溪沙（十八年来堕世间）

十八年来堕世间①。

吹花嚼蕊弄冰弦②。

多情情寄阿谁③边。

紫玉钗斜灯影背④,

红绵⑤粉冷枕函偏⑥。

相看好处却无言。

【笺注】

①十八年来堕世间：将词中的女子比作天上的仙女。出自李商隐《曼倩辞》："十八年来堕世间，瑶池归梦碧桃闲。"据《仙吏传》记载，汉代东方朔（字曼倩）乃岁星下凡，他在朝十八年，天上岁星不见亦十八年。

②吹花嚼蕊：即"吹叶嚼蕊"。典出李商隐《柳枝》诗序，歌伎柳枝可将树叶吹出乐声，喜嚼食花蕊，歌时吐气如兰。冰弦：用异域冰蚕丝制作而成的琴弦。后多为琴弦的美称。此句进一步说明了词中女子的高雅与才华。

③阿谁：谁人。

④紫玉钗：典出明代汤显祖所写的《紫钗记》："烛花无赖，

背银釭、暗擘瑶钗。"

⑤红绵：沾染了胭脂的粉扑。

⑥枕函：古代枕头多为木制或瓷制，中空，可藏信函之物，故称。枕函偏，即枕头偏移，指词中女子已进入熟睡的状态。

【译文】

她应是从天宫堕入人世的仙子吧，出落得如此超凡脱俗，不仅有美妙的歌喉，还有精湛的琴艺。只是不知道，她那颗多情的心，寄托在何人身上？

进入睡梦中的她，胭脂淡去，云鬓低垂，紫玉钗斜映在烛光中，枕头偏移在一边，模样是那么娇憨。我就这般痴痴地看着她，个中美好，已无法用言语表达。

【赏析】

这首词似是写在与沈宛新婚之时，其中所用典故也都暗合沈宛歌伎的身份。譬如"吹花嚼蕊"，对应的便是唐代著名歌伎柳枝。柳枝才貌双全，兰心蕙质，李商隐与她一见钟情，为她相思半生，也让她的名字，在浪漫的诗歌里，成了后世文人心中遥念的一缕温柔。

"紫玉钗斜"，则是将沈宛比作霍小玉。霍小玉是唐代传奇小说里的长安名伎，能歌善舞，通晓诗文，才貌俱佳。十八岁时，霍小玉遇到了进京赶考的才子李益，一段玉钗为盟的情缘便发生了。

后来汤显祖又将这个故事改编成了戏剧《紫钗记》。不知是不是纳兰写到霍小玉的时候，又想到了《牡丹亭》，想到了与杜丽娘在梦中相会的柳梦梅，于是笔随意走，便有了最后一句"相看好处却无言"。

《牡丹亭·惊梦》里唱："则为你如花美眷，似水流年……是那处曾相见，相看俨然，早难道这好处相逢无一言？"伊人分明在眼前，却唯恐相逢是梦中。

而在"多情情寄阿谁边"一句里，纳兰更是宛如情窦初开的少年，面对喜欢的人，心里会有本能的不敢确定的怯意——她是不是真的爱自己。

月华如水，波纹似练，几簇淡烟衰柳。塞鸿一夜尽南飞，谁与问、倚楼人瘦。

韵拈风絮，录成金石，不是舞裙歌袖。从前负尽扫眉才，又担阁、镜囊重绣。

——《鹊桥仙》

真爱是什么？有人用怯意阐述过——

"真爱的第一个征兆，放在女人身上是勇敢，放在男人身上是胆怯。"

"真爱是想要触碰却又收回的手。"

就像沈宛可以为那个写下"人生若只如初见"的人放下江南的

一切，舟车辗转，奔赴京城，风雨虎狼不可阻。就像纳兰在这首词中，为一个旁人眼中的歌女，他心里的"堕入凡尘的天女"，流露出来的切慕、柔情，以及千金不换的少年的羞怯。

浣溪沙（欲问江梅瘦几分）

欲问江梅①瘦几分，
只看愁损翠罗裙②。
麝篝衾冷惜余熏③。

可耐④暮寒长倚竹，
便教⑤春好不开门。
枇杷花底校书人⑥。

【笺注】

①江梅：野生的梅花。据范成大《范村梅谱》所记，江梅常见于山间水滨，花朵稍小而疏瘦有韵，香气最清，有荒寒清绝之趣。此处以江梅喻人。

②翠罗裙：泛指女子的衣裙。宋代高观国有《少年游》："萋萋多少江南恨，翻忆翠罗裙。冷落闲门，凄迷古道，烟雨正愁人。"

③麝篝：笼罩在麝香之上的熏笼，一般为竹制，用来给衣被增香。衾冷：被子上的温度已经慢慢冷却。余熏：余温。

④可耐：怎奈，可叹。

⑤便教：即便，纵然。

⑥校书人：校书，古代掌校理典籍的官员。"女校书"指唐代名伎薛涛，后来也成了歌伎的雅称。薛涛是有名的歌伎，唐代四大女诗人之一，才艺双绝，晚年居住于成都枇杷巷。唐代王建有诗《寄蜀中薛涛校书》："万里桥边女校书，枇杷花里闭门居。扫眉才子知多少，管领春风总不如。"这里代指在花下读书填词的沈宛。

【译文】

想知道那个如江梅一般的女子瘦了几分，只需要看看她的翠罗裙又宽了几分。可怜她每天都在遭受着愁绪的折磨。熏笼里的麝香已经燃尽，被子上的余温一点点冷下去，就像她一点点冷下去的心，令人疼惜不尽。

暮色降落，寒意渐生，怎奈她还是倚靠着修竹，久久陷入凝思。即便是天气晴好的时候，她也不愿外出，对着春光敞开心扉，只是一个人静坐在花树下，读书填词。

【赏析】

这首词是纳兰写给沈宛的。按照词意推测，大约是写于康熙二十四年（公元1685年）的早春，那个时候，沈宛已经成了纳兰的外室。纳兰的朋友曾填有一首《风入松·贺成容若纳妾》：

佳人南国翠蛾眉。桃叶渡江迟，画船双桨逢迎便，希微见，高阁帘垂。应是洛川瑶璧，移来海上琼枝。

　　何人解唱比红儿。错落碎珠玑。宝钗玉臂樗蒲戏，黄金钏，
幺凤齐飞。潋滟横波转处，迷离好梦醒时。

　　在朋友眼里，沈宛容颜娇美，可比得上晋代书法家王献之的爱
妾桃叶——如今江南有桃叶渡，正是昔日王献之望眼欲穿，迎接美
人的地方。沈宛歌喉婉转，则可以媲美唐代诗人罗虬钟爱的歌伎杜
红儿。相传为了获得红儿的芳心，罗虬写了一百首《比红儿诗》拿
去表白，每首诗都以一位历史上的绝代佳人来衬托红儿的魅力。而
纳兰能够迎娶沈宛这样的南国佳丽，同样可以成就一段温柔旖旎的
风流佳话，真是让旁人羡煞。

　　如词中所写，纳兰与沈宛也的确度过了一段蜜里调油的新婚时
光。可惜彩云易散。因为他们的婚事并没有得到纳兰父母的认可。
在朋友眼里，沈宛是纳兰的爱妾。在纳兰眼里，沈宛是他的知己，
他的红颜，他的爱人。但在纳兰父母的眼里，沈宛只是一个普通的
汉女，一个卑微的歌伎，甚至是一个随时可能给他们儿子带来灾难
的祸水。所以当时纳兰只能暂时将沈宛安置在外宅。纳兰也不是没
有给过沈宛承诺。她也不是没有幻想过。她信他是一诺千金的君
子，信他的赤子之心，就像他曾经可以用五年的时间去为一个汉人
朋友翻案。但她更信命。

　　或许真如纳兰的父母所说，她不离开，便是害他，害他为之以
身犯险——康熙年间，满汉通婚还是禁令。对于她而言，她可以不

在乎名分，只要纳兰可以每天陪在她的身边，给她勇气和力量，去向命运讨一点暖，一点甜。可是他太忙了，公务在身，每次都是来去匆匆，更何况，相国府那里，他还有一个不可分割的家。于是长夜辗转、泪湿罗衣时，她便只能将满腹心事付诸笔墨：

黄昏后。打窗风雨停还骤。不寐乃眠久。

渐渐寒侵锦被，细细香消金兽。添段新愁和感旧。拼却红颜瘦。

——沈宛《长命女》

雁书蝶梦皆成杳，月户云窗人悄悄。记得画楼东，归骢系月中。

醒来灯未灭，心事和谁说。只有旧罗裳。偷沾泪两行。

——沈宛《菩萨蛮·忆旧》

她怨他吗？似乎不会，也不能——他爱她，怜她，珍惜她，他待她已经足够好，甚至可以为她与自己的父母对抗。只不过经常独守空闺，她想他应该不能理解那种感受——在他的生活里，她只是一小部分，而在她的心里，他却是整个世界。人说等待是最初的苍老，从南到北，山长水阔，她孤身为他而来，又何尝没有自己的骄傲？她只是伤心。他们的爱情才刚刚开始，而她却一眼望穿了结局——

因为爱你，所以离开你。

采桑子（而今才道当时错）

而今才道①当时错，

心绪凄迷。

红泪偷垂。

满眼春风百事非。

情知此后来无计②，

强说欢期③。

一别如斯④。

落尽梨花月又西。

【笺注】

①而今：如今。才道：才明白。刘克庄《忆秦娥》有词句：
"古来成败难描摸，而今却悔当时错。"

②来无计：没有办法回来了。

③欢期：欢聚的时光。

④如斯：如此。

【译文】

当时的错误，如今才明白，不禁让人内心凄楚，情绪低迷。暗自流下悔恨的眼泪。面对满目春色，没有你，一切都变了模样。

我是知情的，你此番离去，就再难回到我的身边。但还是要强颜欢笑，期待再相见。我们就这样分别，梨花开了又落，月亮满了又缺，而你依旧没有回来。

【赏析】

按照词意，这首词极有可能是写于康熙二十四年（公元1685年）的春天，即沈宛被迫离京，纳兰的生命即将到达尾声的时候。

读来也是满目离情。因为纳兰是旗人，沈宛是汉人，他们之间可以相爱，但不能通婚。祖宗之法，父母之命，门第之别，都是横亘在他们之间的银河。于是，沈宛离开了京城。纳兰经常悔恨，如果当初没有放开她的手，会不会是另一种结果。如果不是命运的作弄，她是不是就可以成为他爱情的归途。

也是在那个春天，纳兰成了皇帝身边的"一等侍卫"。但他一点都高兴不起来。贵族公子又如何，一等侍卫又如何，旁人艳羡的身份、地位，以及出身，于他而言，都是一种无形的禁锢。他甚至宁愿自己什么都不是，生在平常人家，还可以和心爱的女子做一对柴米夫妻，长相厮守。

人海茫茫，他遇见沈宛，用了三十年。她是他的红颜知己，也是他想用余生去珍视的人。和她在一起，他仿佛又找到了当初与卢氏在一起的感觉，琴瑟在御，莫不静好。但他们真正在一起的时间，不过短短三个月。"每说一声再见，就是死去一点点。"沈宛走后，纳兰的心也跟着她去了。

梁启超说纳兰："哀乐无常，情感热烈到十二分，刻画到十二分。"哀凉如他，热烈如他，恰是一片幽情冷处浓。他还记得，她走的那天，月光倾城，院子里的梨花一夜盛放，热烈而哀凉，美得让人想哭。在那个春天，他为她写下了许多关于梨花的词句。经常在薄寒的黄昏后，在病酒微醺中，在皎洁月光下，想念和离愁就会像凉丝丝的小蛇一样，慢慢吻上心脏：

游丝断续东风弱。浑无语、半垂帘幕。茜袖谁招曲槛边，弄一缕、秋千索。

惜花人共残春薄。春欲尽、纤腰如削。新月才堪照独愁，却又照、梨花落。

——《秋千索》

枕函香，花径漏。依约相逢，絮语黄昏后。时节薄寒人病酒。划地梨花，彻夜东风瘦。

掩银屏，垂翠袖。何处吹箫，脉脉情微逗。肠断月明红豆蔻。月似当时，人似当时否？

——《鬓云松令》

风鬟雨鬓。偏是来无准。倦倚玉阑看月晕。容易语低香近。

软风吹过窗纱。心期便隔天涯。从此伤春伤别，黄昏只对梨花。

——《清平乐》

从此黄昏，只对梨花。而梨，通"离"。李渔也深爱梨花，他说梨花就是生长在人间的雪。但汪曾祺不以为然，"都说梨花像雪，其实苹果花才像雪。雪是厚重的，不是透明的。梨花像什么呢？——梨花的瓣子是月亮做的"。

其实纳兰的词也是月亮做的。古今中外，经典的作品那么多，而纳兰的文字就像一瓣一瓣落在心尖上的梨花，隔着三百多年的浓稠光阴，依然静谧、清透、薄凉，散发着孤独的香气。

卷三：我亦飘零久

人生在世，如梦幻泡影，如露亦如电，唯有情义和诗词，可以如草木山川，星辰皓月，春风十里，夜夜皎洁。

金缕曲（德也狂生耳）

赠梁汾①

德也狂生耳②！

偶然间、缁尘京国，乌衣门第③。

有酒惟浇赵州土，谁会成生此意④。

不信道、遂成知己。

青眼高歌俱未老⑤，向樽前、拭尽英雄泪。

君不见，月如水。

共君此夜须沉醉。

且由他、蛾眉谣诼，古今同忌⑥。

身世⑦悠悠何足问，冷笑置之而已。

寻思起、从头翻悔。

一日心期千劫在⑧，后身缘、恐结他生里⑨。

然诺重⑩，君须记。

【笺注】

①梁汾：顾贞观，字远平、华峰（亦作华封），号梁汾，江苏无锡人，明朝遗少，清代著名文学家、词人，代表作为《弹指词》。与陈维崧、朱彝尊并称明末清初"词家三绝"，又与纳兰并

称词坛双璧。

②德也狂生耳：我本是一个狂放的人。德，即性德，纳兰自称。狂生，指豪放不羁，不世故，真性情的人。也、耳：语气助词。

③缁尘京国，乌衣门第：缁尘，黑色的灰尘，比喻俗世污垢。京国，即京城，纳兰的出生地。乌衣门第，世家望族。秦淮河边有乌衣巷，是东晋王氏、谢氏等望族的集居之地，故名。

④有酒惟浇赵州土，谁会成生此意：引用李贺《浩歌》诗句："买丝绣作平原君，有酒惟浇赵州土。"纳兰对"战国四君子"之一，赵国平原君赵胜广结贤士的品性很是敬仰，但他的性情却很少被理解。浇，祭祀。成生，纳兰原名成德，此处为自称。

⑤青眼高歌俱未老：化用杜甫《短歌行·赠王郎司直》诗句："青眼高歌望吾子，眼中之人吾老矣。"青眼，指对人的喜爱和尊重。典出《晋书·阮籍》，相传阮籍能作青白眼，对喜欢的良朋高士用青眼，反之则用白眼。俱未老，指他和顾贞观都还没有老去。纳兰写这首词时二十二岁，顾贞观四十岁。

⑥蛾眉谣诼：出自屈原《离骚》："众女嫉余之蛾眉兮，谣诼谓余以善淫。"指造谣中伤。古今同忌：从古到今，才高者都容易遭忌。

⑦身世：指人生的经历和遭遇。

⑧一日心期千劫在：一朝结为知己，便会永远认定这份感情。千劫：佛教语，佛家以天地一生一灭为一劫。此处代表永恒。

⑨后身缘、恐结他生里：哪怕是死后，来生我们还要成为挚友。

⑩然诺重：郑重承诺。

【译文】

我本是世间一狂生，因命运的偶然，才降生名门，长于京城。我一直敬仰平原君广交宾客的豪爽，但我的真性情却很少被人理解。真不敢相信，我们一见如故，成了知己。我们还没有老去，还可以对酒当歌，将眼泪一饮而尽，笑看明月如水。

今夜与君共饮，定要不醉不归。你不必理会那些小人的谣言，要知道自古以来，才高者都容易遭忌。人生悠悠，那些坎坷的经历和遭遇，尽可冷笑置之。若非要从头寻思，也不过是徒生悔意。一朝结为知己，定要永远珍惜，哪怕是来生，也要再续这份情义。请你记得，这一份我对你的郑重承诺。

【赏析】

一千多年前的某一天，北周有位名叫独孤信的将军出城打猎，回城的时候，天色已晚，便一路纵马狂奔，连帽子被风吹歪也来不及扶正。怎料沿途的人看见他，都觉得他鲜衣怒马、侧帽而戴的样子比平常更为俊逸，更为风流。于是第二天，满街都是"侧帽"的男子。

多年后，即康熙十五年（公元1676年）的某一天，二十二岁的纳兰容若在一幅画上，也看到了昔日独孤信的气韵与风流。灵魂的共鸣可能是一场风暴，也可能是心上一丝甜蜜的涟漪，不经意间便荡上了嘴角，又落在了笔端：

"侧帽轻衫，风韵依然。"

"倚柳题笺，当花侧帽，赏心应比驱驰好。"

那幅画，名叫《侧帽投壶图》。投壶是古代宴饮时的一种投掷游戏，把箭投进壶里，投中多者为胜，负者则罚酒。画中人，正是"丰神俊朗，大似过江人物"的顾贞观。是年，江南才子顾贞观经人介绍，来到纳兰府当家庭教师，与纳兰公子一见如故，成为赏心知己。他们之间的感情有多好呢，《清稗类钞》中曾记录："容若风雅好友，坐客常满，与无锡顾梁汾舍人贞观尤契，旬日不见则不欢。梁汾诣容若，恒登楼去梯，不令去，不谈则日夕。"如此看来，一日不见，如隔三秋，"金风玉露一相逢，便胜却，人间无数"，同样适用于友谊。三杯吐诺，五岳为轻，在知己面前，那些伤心往事，身世前尘，皆可用来下酒。

这首《金缕曲》，不仅是纳兰与顾贞观之间情义的见证，更是他的成名之作。时人赞誉："磊落嵚崎，可比肩苏东坡和辛弃疾。因情致与顾贞观的《弹指词》最近，两人遂成莫逆。念念以来生相订交，情至此，非金石不能比坚。所谓翩翩浊世佳公子也，率真无饰，至令人惊艳。"

相传此词一出，乐师竞相传钞，称之为《侧帽词》，教坊歌曲间无不知者。同年，纳兰刊刻词集，即以"侧帽词"名之。当花侧帽，风流自赏，纳兰与顾贞观如此投契，或者也可以说，在顾贞观身上，纳兰看到了一个理想派的自己；一个可以削去门第身份，自由飘零的文坛浪子；一个飞觞赋诗，才气横溢的江湖狂生。

　　且住为佳耳。任相猜、驰笺紫阁，曳裾朱第。不是世人皆欲杀，争显怜才真意。容易得、一人知己。惭愧王孙图报薄，只千金、当洒平生泪。曾不直，一杯水。
　　歌残击筑心逾醉。忆当年、侯生垂老，始逢无忌。亲在许身犹未得，侠烈今生已已。但结托、来生休悔。俄顷重投胶在漆，似旧曾、相识屠沽里。名预籍，石函记。

——顾贞观《金缕曲·酬容若见赠次原韵》

　　这首词也是顾贞观对纳兰的一个应答。顾贞观入仕之后常被人猜忌排挤，偏又是一介狂生，性情狷介，恃才傲物。譬如康熙十七年（公元1678年）朝廷召开博学鸿词科，为了避开地方官员的举荐，他甚至远走福建，做了当时的福建巡抚吴兴祚的门客，直至康熙十九年（公元1680年）才再次入京。而纳兰虽是少年公子，却是壁立千仞，海纳百川，心胸浩然，义薄云天。两人相见恨晚。曾经杜甫慕李白是"世人皆欲杀，吾意独怜才"，如今纳兰待梁汾，则是一朝心期千劫在。赤子情怀，灿若黄金。

　　"忆当年、侯生垂老，始逢无忌。"在这一句中，顾贞观又把自己比作家世清贫，却胸有韬略的战国隐士侯嬴，将纳兰比作仁爱宽厚、礼贤下士的信陵君魏无忌。《史记》记载，当年七十岁高龄的侯嬴大隐隐于市，只是旁人眼中的一个看门小吏，唯有信陵君慧眼识才，慕名拜访，并亲自执辔御车，将其迎为座上宾。后来秦王派大军围攻赵国，赵国危在旦夕，请救于魏国，但魏王出兵后却受秦王胁迫，中途停兵不进。情急之下，深知唇亡齿寒的信陵君只能召集自家门客前去救赵。于是侯嬴便向信陵君献了一计，让信陵君找魏王的妃子如姬帮忙，秘密盗出魏王兵符，然后强行夺将领兵权，亲自领军退秦。而当信陵君功成之后，侯嬴却因愧对魏王而自刎。他的死，可以说是保全了自己士人的气节，也成全了信陵君窃符救赵的美名。

所谓士为知己者死，对于当时已经年至不惑，满心沧桑的顾贞观来说，纳兰的情深义重，知遇之恩，他也是可以舍命相报的。

多年后，纳兰溘然离世，顾贞观想起彼此之间缘分的伊始，再读纳兰的这首《金缕曲》，只觉当初那句"后身缘、恐结他生里"一语成谶，不禁在惊讶之余，又勾起万分悲痛——"岁丙辰，容若年二十有二，乃一见即恨识余之晚。阅数日，填此阕为余题照，极感其意，而私讶他生再结，语殊不祥，何意竟为乙丑五月之谶也。"《金缕》幽幽，《侧帽》宛在，然斯人永诀，伤哉，伤哉。

清人笔记小说《炙砚琐谈》里又写，纳兰去世之后，顾贞观有天夜里做了一个梦，梦见纳兰来见他，并留下一句："文章知己，念不去怀。泡影石光，愿寻息壤。"是夜，顾贞观的儿媳刚好诞下一个男婴，顾贞观闻声去看，小婴儿的面容竟神似纳兰。顾贞观心下暗喜，联想梦境，便知婴儿是纳兰后身。但一个月后，顾贞观又梦见纳兰与他道别，没想到醒来之后，小婴儿就已经夭折了。

这样的故事，显然真假莫辨，或许只是作者为了慰藉一段怅憾，而编排的一段传奇。不过可以考究的是，因为纳兰的辞世，京城的确成了顾贞观的伤心之地，在写给纳兰的祭文中，便有这样的句子："且擗且号且疑且愕，日晻晻而遽沉，天苍苍而忽暮，肠惨惨而欲裂，目昏昏而如瞀……"从此他便回到了家乡无锡，开始了避世隐居、日夜拥读的简素生活，直至终老，也仅于康熙二十九年（公元1690年）专程赴京，去知己坟前断肠一哭。

顾贞观把自己比作失去了子期的伯牙——钟子期故去后，伯牙终身不再鼓琴，高山流水，琴音只为知音："已矣！伯牙之琴盖自是终身不复鼓矣，何身可赎？"纳兰之后，世间再无当花侧帽的翩翩浊世佳公子。那么，世间又何必再有风流赏心的孤傲狂生顾梁汾？

人生在世，如梦幻泡影，如露亦如电，唯有情义和诗词，可以如草木山川，星辰皓月，春风十里，夜夜皎洁。

金缕曲（洒尽无端泪）

简梁汾①

洒尽无端泪。

莫因他、琼楼寂寞，误来人世②。

信道痴儿多厚福，谁遣偏生明慧。

莫更著、浮名相累。

仕宦何妨如断梗③，只那将、声影供群吠④。

天欲问，且休矣。

情深我自判憔悴⑤。

转丁宁、香怜易爇，玉怜轻碎⑥。

羡杀软红尘里客⑦，一味醉生梦死。

歌与哭、任猜何意。

绝塞生还吴季子⑧，算眼前、此外皆闲事。

知我者，梁汾耳。

【笺注】

①简梁汾：写给顾贞观（梁汾）的书信。

②琼楼寂寞，误来人世：将顾贞观比作天上的神仙，因为寂寞才误入这庸俗污浊的尘世。琼楼，月宫里的楼台，亦代指仙境。

③断梗：截断的树枝，四处漂泊。典出《战国策·齐策》：苏代为止孟尝君入秦，便对孟尝君说："臣路过淄上的时候，有一个土偶人与一个桃梗人在对话。桃梗对土偶说：'你是西岸之土，虽具人形，但一遇淄水，就会残缺不全。'土偶回道：'我乃西岸之土塑成，淄水一来，我也会重回西岸，而你是东国的桃梗，虽刻成了人形，但淄水冲来时，你又会漂向何方呢？'"

④声影供群吠：化用成语"一犬吠影，百犬吠声"，一只狗会因为见到可疑的影子而大叫，但其他的狗只是因为听到叫声而大叫。寓意不辨真相，随声附和。

⑤判憔悴：指一定会倾尽全力，憔悴也甘愿。

⑥香怜易爇，玉怜轻碎：怜惜香容易烧尽，也怜惜玉容易破碎。爇，烧，点燃。

⑦软红尘里客：在繁华的京城里，热衷趋名逐利的人。

⑧吴季子：本指春秋时吴国公子吴季札，重信义，有贤能，性高洁，因封地在江南延陵，又称"延陵季子"。此处代指因"丁酉科场案"受牵连而被流放宁古塔的吴兆骞。吴兆骞在自家兄弟中也是排名第四，即"伯、仲、叔、季"中的季，故号季子。

【译文】

眼泪没来由地流，就且让它流尽。你本是属于天官的人，因为寂寞，才误入这污浊的人间。要知道这世上愚人偏享厚福，明慧如你，又怎能被"福分"眷顾呢？更别说，仕宦之途多坎坷漂泊，朝堂上又多是趋炎附势之辈。浮名累人，不提也罢。

你的深情与悲愤，我都感同身受。这件事我定会倾尽全力，憔悴也甘愿。请你转吴兆骞，我同情他的遭遇，就像怜惜香容易烧尽，玉容易破碎，世间美好的事物，都容易被摧残。真是羡煞那些沉浸在名利场里的庸俗之人啊，醉生梦死，高歌痛哭，心意任人猜测。而我眼前的心事，就是要将吴兆骞从寒冷的边塞解救回来，除此之外，一切都是闲事。知我者，梁汾也。

【赏析】

这首词另有刻本副标题为"简梁汾，时方为吴汉槎作归计"，大约作于康熙十五年（公元1676年）岁末，也就是顾贞观寄给吴兆骞两首《金缕曲》之后。

吴汉槎，即吴兆骞，江苏吴江人，顾贞观的生死之交，"江左三凤"之一，是江南极负盛名的才子，相传七岁参文，九岁作赋，十三岁习经史，胆大如斗，下笔如神。但为人也极为自负，不拘理法，不屑与庸俗之人为伍。

清人笔记里说吴兆骞刚上私塾的时候，就常用同学扣在桌上的帽子接小便，被老师责问后，他指着帽子说："此物与其放在俗人头上，还不如拿来盛小便。"老师望之兴叹："此子以后必有盛名，也会因盛名惹祸上身。"还有一则说是吴兆骞有次遇见苏州才子汪琬——汪琬才学过人，广受赞誉，但吴兆骞却对汪琬说："江东无我，卿当独步。"同行者纷纷侧目。

　　有人劝他言行低调，吴兆骞认为自己从来都是言出肺腑，并无不妥，且不以为然地说："安有名士而不简贵者？"吴兆骞成了名士，不到三十岁就已声震文坛，吴梅村说他"辞赋翩翩众莫比"，陈维崧赞他"当时彩笔撼江关"，但也因为他的个性太过简傲张扬，在顺治十四年（公元1657年）科举考试中，到底是引来了灾祸。昔日老师对他说过的话，果然应验了。

　　在丁酉江南乡试中，因考官私下纳贿，出现舞弊现象而被官员弹劾，顺治帝龙颜大怒。中选的吴兆骞则因仇人的一纸谤书受到无辜牵连，最后被判杖责四十，革除功名，家产籍没入官，父母、兄弟、妻子一并流徙宁古塔。时人皆言："汉槎意气傲岸，不可一世，才自招祸患。"彼时顾贞观去送他，执手相看泪眼，当即立下誓言，定会设法救他南还。然而他一介书生，家道中落，游宦多年，历尽坎坷，空有倾世之才，终究是人微言轻，十八年的苦心奔走，依旧没能换取任何实质性的进展。

　　"塞外苦寒，四时冰雪，鸣镝呼风，哀笳带血，一身飘寄，双鬓渐星。妇复多病，一男两女，藜藿不充，回念老母，茕然在堂，迢递关河，归省无日……"

　　经常，他想起吴兆骞的书信，如杜鹃哀鸣，字字泣血，就会陷入如煎如熬的愧疚与悲伤，也一度感到绝望，这段尘封的冤案，难道真的昭雪无望了吗？直到有一天，他遇到了纳兰容若。

　　康熙十五年（公元1676年）冬，寓居京师千佛寺的顾贞观在漫天飞雪中想起身处绝塞的吴兆骞，想起自己多年来的落寞辗转——

康熙五年（公元1666年）中举，官至内阁中书，康熙十年（公元
1671年）受同僚排挤，落职归里，成为"第一飘零词客"，内心又
是一阵凄凉。于是以词代书，令人送往关外宁古塔：

季子平安否？便归来、平生万事，那堪回首。行路悠悠谁慰
藉，母老家贫子幼。记不起、从前杯酒。魑魅搏人应见惯，总输
他、覆雨翻云手。冰与雪，周旋久。

泪痕莫滴牛衣透。数天涯，依然骨肉，几家能够？比似红颜
多命薄，更不如今还有。只绝塞、苦寒难受。廿载包胥承一诺，
盼乌头、马角终相救。置此札，君怀袖。

我亦飘零久。十年来、深恩负尽，死生师友。宿昔齐名非忝
窃，试看杜陵消瘦。曾不减、夜郎僝僽。薄命长辞知己别，问人
生、到此凄凉否？千万恨，为兄剖。

兄生辛未吾丁丑。共此时、冰霜摧折，早衰蒲柳。诗赋从今
须少作，留取心魂相守。但愿得、河清人寿。归日急翻行戍稿，
把空名、料理传身后。言不尽，观顿首。

——顾贞观《金缕曲·寄吴汉槎宁古塔，以词代书。

丙辰冬，寓京师千佛寺冰雪中作》

顾贞观的这两首《金缕曲》，被称为"千古绝调"，长歌当
哭，悲情彻骨，感人至深。也难怪本就重情重义的纳兰读后会泪流

满面，当场便下定决心，要为知己解忧。所以，后来世人又将这两首词称作"赎命词"，因为它们不仅改变了一个流放者晚年的命运，也让清代文坛多了一段千古佳话。但"丁酉科场案"毕竟已过去了将近二十年的时间，当年坐在龙椅上的人也换成了康熙皇帝，想要将吴兆骞毫发无损地救回，必须步步为营，从长计议。

纳兰先是向顾贞观许下一个十年之诺："此事三千六百日中，弟当以身任之，不候兄再嘱也。"顾贞观忧伤地说："人寿几何？请以五载为期。"绝塞苦寒，顾贞观是怕年近知命的吴兆骞等不了十年——事实上，在他寄出两首《金缕曲》的第八年，也就是获赦回乡仅三年，吴兆骞就过世了。而当时，五年为期，纵然难如登天，纳兰也要试一试——故此，便有了这首感人肺腑的《金缕曲·简梁汾》，一份写给顾贞观的书面承诺。

首先，在朝中，经过纳兰父子多番斡旋，让朝廷同意吴兆骞以认修工程的名义自赎。其次，康熙十七年（公元1678年），有使臣视察宁古塔等地，吴兆骞写下一篇洋洋数千言的《长白山赋》，献给康熙皇帝。最后，找到从中作梗的人，由纳兰公子花费数千赎金，为疏通关系。另外，纳兰去世后，顾贞观在祭文中写，"吾友吴兆骞之厄，二十年求救，而吾哥返之于戍所"。可见纳兰曾为了吴兆骞一事还专程去过宁古塔。

如此，康熙二十年（公元1681年），也就是纳兰许下承诺的第五年，吴兆骞终于得到了一纸赦文，被循例放归。抵达京师时，吴兆骞满面尘霜，与亲友相聚，执手痛哭，直言自己有如再生。然而经历长期的严寒生活，吴兆骞已不适应江南的水土气候，回家乡不久便身染重病，后在纳兰的帮助下赴京治疗，还是病故于康熙二十三年（公元1684年）十月。

朋友梁佩兰说纳兰是"黄金如土，惟义是赴。见才必怜，见贤必慕"。此话诚不我欺。

吴兆骞故去后，又是纳兰料理了他的后事，并为他写下祭文，念及昔日与《金缕曲》的因缘，依然感伤不已："自我昔年，邂逅梁溪，子有死友，非此而谁。《金缕》一章，声与泣随，我誓返子，实由此词。"梁溪（无锡），代指的便是顾贞观。

顾贞观初识纳兰时，就经常谈起吴兆骞的江南逸事，诵读其诗词文章，让纳兰渐生怜才之心。纳兰说，知我者，梁汾耳。而知梁汾者，舍纳兰其谁？没有人比纳兰更明白，顾贞观对吴兆骞的情义，他知晓顾贞观孤傲了一辈子，但为了吴兆骞，或者说，为了不违背当初立下的誓言，他甚至可以下跪请求纳兰明珠帮忙。

据袁枚的《随园诗话》记载，吴兆骞回京后在明珠府上为容若的弟弟授读，明珠带他到书房，看到"顾梁汾为吴汉槎屈膝处"几字，吴兆骞不禁失声痛哭。《随园诗话》里还说，一次顾贞观去见明珠，明珠正在宴客，谈及营救吴兆骞之事，明珠手持一个巨大的酒杯说："你若饮满，我便救汉槎。"顾贞观素不沾酒，但当即一饮而尽。明珠笑道："我跟你直戏耳。你就算不饮，我岂能不救汉槎呢？当然，你的爱友之心，何其壮也！"为此，袁枚忍不住感叹道："呜呼！公子能文，良朋爱友，太傅怜才，真一时佳话。"

而当得知吴兆骞生还，正在家乡为母亲守丧的顾贞观去给友人报信，竟因狂喜失足跌落河中。

清人谢章铤在《赌棋山庄词话》中也曾提到这一段合力营救吴兆骞的佳话："今之人，总角之友，长大忘之。贫贱之友，富贵忘之。相勖以道义，而相失以世情。相怜以文章，而相妒以功利。吾友吾且负之矣，能爱友之友如容若哉！"千金一诺，侠肝义胆，世上如侬有几人？至少顾贞观可以算一个。对待友情的态度，将情义当成一种信仰，他们也是同类。人生得此知己，夫复何求？

如此，再透过《金缕曲》来看他们的感情，若还只是停留在才子的惺惺相惜上，未免太过浅薄。显然，他们不仅走进了对方的内心，联结了对方的情感，也承担了对方的命运。而他们之间的感情，不仅有懂得，有牵念，有依靠，有随时可以为你出生入死、冲锋陷阵的恩义，更有永远在心底为你留一份慰藉和怜惜的温暖。

梦江南（新来好）

新来①好，

唱得虎头②词。

一片冷香③惟有梦，

十分清瘦更无诗。

标格④早梅知。

①新来：新近，近段时间以来。

②虎头：东晋画家顾恺之小字"虎头"，此代指顾贞观，因两人姓氏相同，且都是江南无锡人。

③冷香：梅花的幽香。

④标格：格调，节操。

近来一切安好，还经常吟唱你（顾贞观）的新词。"一片冷香惟有梦，十分清瘦更无诗。"这样的句子，清香、高雅、不染纤尘，可谓是早梅的知己。

【赏析】

这首词大约作于康熙十七年（公元1678年） 或十八年（公元1679 年）冬春之交。当时，顾贞观正在江南一带停留，早梅开时，他想念故人，便给千里之外的纳兰寄了一首《浣溪沙·梅》：

物外幽情世外姿，冻云深护最高枝。小楼风月独醒时。
一片冷香惟有梦，十分清瘦更无诗。待他移影说相思。

天寒地冻，那一页来自江南的信笺，仿佛还带着友人指尖的温度和早梅的香气，让纳兰感触不已。于是，满腔感念皆化作纸上的温柔笔触，他以这首《梦江南》回信顾贞观，就像往信封里投放一个清瘦的梦。

很久很久以前，有一个叫陆凯的诗人，曾给远方的友人寄了一枝江南的梅花，并留下了美好的诗句——

折花逢驿使，寄与陇头人。
江南无所有，聊赠一枝春。

不知道一个人一生中如果有过那般浪漫深情的时刻，曾被人那样温柔地对待，是不是就可以免于苟活？

顾贞观寄来的梅花词，同样带给了纳兰寒夜见星火的温暖——当时，卢氏已故，友情便成了他生命中最大的慰藉。友情，也是开

在他心头的花，与爱情同枝而生。收到词作后，纳兰反复吟唱，只
觉格调清雅，字字生香，尤其是那"一片冷香惟有梦，十分清瘦更
无诗"一句，更不似人间烟火语。

陈善在《扪虱新话》中写："诗有格有韵，格高似梅花，韵胜
似海棠花。"这样的词句，不正是梅花风格吗？群芳不胜霜雪，梅
花却能以雪助妍，傲立枝头，凌寒独开，一腔孤意，气骨铮铮。而
词如其人，一如那个满身傲骨的顾贞观。纳兰又何尝不是？

莫把琼花比澹妆，谁似白霓裳。别样清幽，自然标格，莫近
东墙。

冰肌玉骨天分付，兼付与凄凉。可怜遥夜，冷烟和月，疏影
横窗。

——《眼儿媚·咏梅》

从教铁石，每见花开成惜惜。泪点难消，滴损苍烟玉一条。
怜伊太冷。添个纸窗疏竹影。记取相思。环佩归来月上时。

——《减字木兰花·从教铁石》

若梅花有知，也定会把写词的人引为知己。张潮的《幽梦影》
说："天下有一人为知己，可以不恨，不独人也，物亦有之。"如
陶渊明和菊，周敦颐和莲，亦如纳兰、顾贞观和梅。词人爱梅，因
为有一个与梅花投契的灵魂。友人投契，则是通过对方的灵魂，照

见了自己的心。

　　清人况周颐在《蕙风词话》续编里说起这首词则是："以梁汾咏梅句喻梁汾词。赏会若斯，岂易得之并世。"赏心知己，见字如面。真想把萨冈致萨特的句子送给他们——

　　"这个世界腐败、疯狂、邪恶，而你始终清醒、温柔、一尘不染。"

满江红（问我何心）

茅屋新成，却赋①

问我何心，却构此、三楹茅屋②。

可学得、海鸥无事③，闲飞闲宿。

百感都随流水去，一身还被浮名束。

误东风、迟日杏花天，红牙曲④。

尘土梦，蕉中鹿⑤。

翻覆手，看棋局⑥。

且耽闲㸔酒⑦，消他薄福。

雪后谁遮檐角翠，雨余好种墙阴绿。

有些些、欲说向寒宵，西窗烛⑧。

【笺注】

①却赋：再赋。

②三楹茅屋：三间茅屋。楹，古代计算房屋的单位，指一列或一间。

③海鸥无事：像海鸥一样无牵无挂，洒脱自由。

④红牙曲：拍打红牙板，浅斟低唱。红牙，红色的檀木制的拍板，用以调节乐曲的节拍。司马光有诗句："红牙板急弦声咽，白

玉舟横酒量宽。"

⑤尘土梦，蕉中鹿：指人生如梦，真假莫辨。典出《列子·周穆王》，说的是郑国有个樵夫在野外遇到一只受惊的鹿，遂将鹿打死。他怕别人发现，就将鹿藏在沟中，用蕉叶覆盖，心里很高兴。但他很快忘了藏鹿的地方，便以为是做了一场梦，然后一路念着这个梦回家。有个路人听到了，依照樵夫说的话取走了鹿，回家后，对妻子说起事情的经过，不禁感叹道："有个樵夫梦见了鹿，却不知道在哪里，而我真的找到了鹿，可见他的梦是真的！"妻子说："是不是你梦见一个樵夫得到了鹿呢？难道真有樵夫？现在你真的得到了鹿，莫非是你的梦成真了？"路人说："反正我已经得到了鹿，就不用理会是他做的梦还是我做的梦了！"樵夫回到家中，不甘心丢失了鹿。夜里他真的做了一个梦，梦到了藏鹿的地方，还梦到那个路人取走了鹿。于是梦醒之后，他就依照梦中所见，找到了取鹿的路人。两个人为鹿的归属争执不休，最后闹到衙门。官员对樵夫说："你最初真的得到了鹿，却犯糊涂以为是做梦；你当晚做梦得到了鹿，又妄断是真实的。他真的取走了你的鹿，你要和他争这只鹿。他妻子又说他是在梦中遇到的人和鹿。可见并没有什么人真正得到了这只鹿。但现在这只鹿就在眼前，就请你们平分。"郑国的国君知道这件事后，觉得很有趣。国君说："难道这官员也是在梦中为别人分鹿吗？"为此国君去询问宰相。宰相说："是做梦还是现实，我是无法分辨的，只有黄帝和孔子才有这种能力。但现在他们已不在人世了，谁还能分辨呢？姑且就听官员的裁决吧。"

⑥翻覆手，看棋局：指世事难料，反复无常。典出《三国志·王粲传》，王粲记性极好，看别人下围棋，棋局被搅乱后，他还能在顷刻间将棋子的位置复原。下棋的人很惊讶，中途便用头巾盖住棋盘，让王粲用另一副棋盘再摆棋子，没想到，王粲再次摆放得准确无误。

⑦且耽闲殢酒：沉溺于美酒和清闲的时光。殢，沉溺，纠缠。

⑧西窗烛：指长夜畅谈，互诉心曲。出自李商隐《夜雨寄北》："何当共剪西窗烛，却话巴山夜雨时。"

【译文】

你问我为何要建造这三件茅屋，是不是想学自由的海鸥，过闲居的日子。这真让人百感交集。在这样春日迟迟的杏花天，本应在东风花树下，轻叩红牙，浅斟低唱。然而落花有意，流水无情，命运误我，一身还被浮名束缚。

只叹人生如梦，世事无常。且沉溺于美酒和清闲的时光吧，享受这点微薄的福分。一场雪覆盖住了檐角的绿意，雨后正好可以在墙根种植芭蕉。等你归来时，我们便可以寒宵听雨，互诉心曲。

【赏析】

从这首词的副标题来看，应是作于康熙十七年（公元1678年）的冬天。当时，纳兰令人在家中修筑了一座三楹茅屋，邀请南归的顾贞观北上同住。从此，纳兰府中，除了通志堂、珊瑚阁、渌水亭、蕊香幢、绣佛斋之外，又多了一座"花间草堂"。草堂新成时，这首词便快马加鞭，寄往了江南。而草堂尚未筑成之前，纳兰就开始拜托朋友张纯修为他篆刻新的图书印了：

前求镌图书（印章），内有欲镌"藕渔"二字者。若已经镌就则已，倘尚未动笔，望改篆"草堂"二字，至嘱，至嘱。茅屋尚未营成，俟葺补已就，当竭诚邀驾作一日剧谈耳。但恨无佳茗供啜也……成德顿首。初四日。

顾贞观后来看到了这封书简，内心很是触动，在上面加了一个跋语：

"卿自见其朱门，贫道如游蓬户。"容兄因仆作此语，构此见招。有诗刻《饮水集》中。适睹此札，为之三叹。贞观。

由此，我们便能得知纳兰建造花间草堂的真正用意。

顾贞观与纳兰相交甚密，但由于两人身份悬殊，一个是落拓文人，一个是贵胄公子，时人难免有闲言碎语，譬如说顾贞观是为了自己的前途，而去攀附权贵。顾贞观回应："卿自见其朱门，贫道如游蓬户。"意思是，在你们眼里，我出入的是朱门大户，但对于我来说，这里和百姓的茅屋草堂并无二样。不久后，顾贞观回南，而纳兰却因为这句话，真的在家中建造了一座草堂，只待知己北归，与之同住。

纳兰曾在扈从途中给顾贞观写信倾诉心事，字里行间，都是对仕宦生涯的厌倦。那时，顾贞观北上，而他正南下：

> 夫苏轼忘归，思买田于阳羡；舜钦沧放，得筑室于沧浪。人各有情，不能相强。使得为清时之贺监，放浪江湖，亦何必学汉室之东方，浮沉金马乎？倘异日者脱屣宦途，拂衣委巷；渔庄蟹舍，足我生涯……是吾愿也，然而不敢必也。悠悠此心，惟子知之，故为子言之。北风多厉，千万眠食自爱。

苏轼曾被流放黄州五年，后来皇帝让他去别处任职，但那时的他已经不想再被卷入朝堂纷争，只希望可以在阳羡过一个农夫的生活；苏舜钦在朝廷党争中被削籍为民后，于苏州修建沧浪亭，自号沧浪翁，并作《沧浪亭记》，从此诗酒清风；"贺监"是唐代的贺知章，一肚子锦绣诗文，为人狂放不羁，人称"诗狂"，在朝中做过礼部侍郎、秘书监、太子宾客等职，却在太平盛世告老还乡，浪迹江湖；"东方"是汉代的东方朔，虽有才华，却在汉武帝身边十八年，谈笑取乐，处处受到名利的束缚。

如此看来，因流放而得田园，苏轼和苏舜钦显然是纳兰羡慕的人，但那个视富贵为浮云，敢逆流改命的贺知章，才是他人生中的榜样。

"渔庄蟹舍，足我生涯……是吾愿也，然而不敢必也"，那个山泽鱼鸟的江湖梦，做一做还可以，但真的要与亲情决裂，他可能做不到——他也曾手持文字的杠杆，希望借助某种力量撬动命运，然而放眼生活，他并没有任何支点。他还是一个孝子，明珠也爱他极深。所以，很多时候，他只能怨自己，恨命运。怨自己不能断情，恨自己未能生在平常百姓家。而很多话，也只有顾贞观能明白，那么，他便不会对第二个人说。归隐，于他终是太遥远。但当时在家中为知己建造一座茅屋，在纸上为自己构建一座乌托邦，托一寸素心，拟一把疏狂，还是可以的。他向陶渊明致敬：

> 吾本落拓人，无为自拘束。
> 偶傥寄天地，樊笼非所欲。
> ……
>
> 酒空人尽去，聚散何局促。
> 揽衣起长歌，明月皎如玉。
>
> ——《拟古》

他给顾贞观写诗，盼与其聚首：

> 三年此离别，作客滞何方。
> 随意一樽酒，殷勤看夕阳。
> 世谁容皎洁，天特任疏狂。

聚首羡麋鹿，为君构草堂。

——《寄梁汾并葺茅屋以招之》

　　顾贞观于康熙十七年（公元1678年）正月南还，当时与纳兰约定八月入京团聚，但因诸事牵绊，一直到康熙二十年（公元1681年）春天才回京。昔日分别的场景还历历在目，对于顾贞观的归期，纳兰可谓日思夜念。其间三年，诗词书信也从未间断。

　　握手西风泪不干。年来多在别离间。遥知独听灯前雨，转忆同看雪后山。

　　凭寄语，劝加餐。桂花时节约重还。分明小像沉香缕，一片伤心欲画难。

——《于中好·送梁汾南还，为题小影》

　　而在江南的顾贞观，每次纳兰寄来新的诗词，他都会细心地将其收录在《饮水词》里。纳兰喜欢一句禅语："如鱼饮水，冷暖自知。"于是他给自己的新词集取名"饮水"。如果说之前的《侧帽词》代表的是当花侧帽、倚柳题笺的少年时光，那么《饮水词》便写尽了自卢氏去世之后，他独自面对、无法共情的凄清岁月。

　　康熙十七年（公元1678年）三月，顾贞观带着一卷《饮水词》，专程去找一个叫吴绮的人作序，并与之共同商定出版。吴绮，江苏扬州名士，词作清新幽婉，有"红豆词人"之称，骈文更是秀逸端丽，颇有李商隐的风格。因曾任湖州知府，多风力，尚风节，饶风雅，又被时人称之为"三风太守"。但当时的吴绮已经罢官闲居，经常携一书童，骑一老驴，悠游山水，行踪不定。

也是颇费了一番心思，顾贞观终于寻到了吴绮投宿的客栈。不过，吴绮似乎并无兴趣为一个贵族公子的诗词集写序。那么后来顾贞观是如何打动吴绮的呢，相传他是住到了吴绮隔壁，然后大声吟唱纳兰的诗词，几首之后，便听到了吴绮敲门的声音。

在《饮水词》的序言中，吴绮写道："才由骨俊，疑前身或是青莲；思自胎深，想竟体聚成红豆也。嗟乎，非慧男子不能善愁，唯古诗人乃云可怨。"吴绮说纳兰是北国的一枚红豆，想来是看到了纳兰对亡妻的刻骨相思。又将他比作李白，因为他相信才华是气骨与品格的体现。从此，便家家争唱《饮水词》。

纳兰与顾贞观相识十年，却是聚少离多。"十年之中，聚而散，散而复聚，无一日不相忆，无一事不相体，无一念不相注。"

康熙二十年（公元1681年）七月，才北上四个月的顾贞观又匆匆南归，奔母丧。三千里奔讣，纳兰助他钱粮轻舟，念他珍重万千，顾贞观一直记得。后来的几年里，顾贞观也一直在京城和江南之间频繁往返。如此，他们之间的相聚，便显得尤为珍贵。纳兰过世后，顾贞观曾在祭文中追忆过彼此在花间草堂晨夕共处的那段时光：

若尔汝形忘，晨夕心数，语惟文史，不及世务，或子衾而我

覆，或我觞而子举，君赏余《弹指》之词，我服君《饮水》之
句。歌与哭总不能自言，而旁观者更莫解其何故。

顾贞观盖的是纳兰的被子，纳兰也可以与顾贞观共用一个酒
杯。纳兰欣赏《弹指》，顾贞观喜欢《饮水》。他们一起研习经
史，悠然忘世。快意时，一起长啸、高歌。读到断肠处，便一起痛
哭。这样的感情，旁人无法理解。但又何须旁人理解呢？

很多年后，有人经过渌水亭，想起纳兰与顾贞观之间的情义，
也写了一阕《满江红》，其中有句："奈《侧帽》，风情断。觉
《弹指》，韶光换。便飘香秀笔，总随云散……"他们的飘香秀
笔，真的会随风飘散吗？

"家家争唱《饮水词》，纳兰心事几曾知"，顾贞观自然算一
个。在《饮水词》的序言中，顾贞观写：

容若天资超逸，翛然尘外。所为乐府小令，婉丽凄清，使读
者哀乐不知所主，如听中宵梵呗，先凄惋而后喜悦。

在文字里风雅不难，难的是以风雅为性命。在文字里相思不
难，难的是以情义为肺腑。纳兰却做到了人如其文。顾贞观写纳
兰："吾哥胸中浩浩落落，其于世味也甚淡，直视勋名如糟粕、势
利如尘埃，其于道谊也甚真，特以风雅为性命、朋友为肺腑。"顾
贞观很明白，人生百年一弹指，所谓富贵，不过是草尖上的露水，

槐树下的梦痕。但纳兰对他，从来都不是居高临下、敝帚自珍，带着隐秘的猎奇般的喜欢。而是一份精神明亮、静水流深的，在日光之下可以把酒言欢，在夜雨绵绵的长夜可以促膝长谈的情义。

那样的情义，是尘世中的珍珠，一如他们的文字，犹如一片沧海凝成的珠泪，见过其光芒的人，都会为之倾心，也永远不会腐朽、暗淡、消散。

菩萨蛮（车尘马迹纷如织）

过张见阳①山居，赋赠

车尘马迹纷如织。

羡君筑处真幽僻。

柿叶一林红。

萧萧四面风。

功名应看镜，

明月秋河影②。

安得此山间，

与君高卧③闲。

【笺注】

①张见阳：张纯修，字子安，号见阳，汉军正白旗，内务府包衣，纳兰挚友。其墓志铭写："君以佳公子束发嗜学，博览坟典，为诗文卓荦有奇气。旁及书法书法绘事，往往追踪古人。"

②功名应看镜，明月秋河影：年华易逝，功名难成，一如镜花水月。见杜甫《江上》诗句："勋业频看镜，行藏独倚楼。"

③高卧：隐居。典出《世说新语》，谢安辞官后，高卧东山，饮酒赋诗，不问朝事。

【译文】

在这个车马喧嚣的世界，真羡慕你能拥有一处幽静的住所。看着山中的柿子树红叶欲然，萧萧秋风可入耳，可涤荡身心。

而我年华空逝，功名难成，一如镜花水月。要如何才能与你同山而居，过隐逸清静的生活呢？

【赏析】

这首词大约写于康熙十八年（公元1679年）前。当时张见阳还未赴任湖南江华县令，其隐居之地，正是在北京西山潭柘寺附近。而且张见阳还有一首和词，所步之韵也正是纳兰这首《菩萨蛮》，写他坐拥春山的山居岁月，就像一封美丽的请柬，携酒花间坐，能饮一杯无？

杏林几处花如织。朝来竟著寻山屐。满地落残红。难禁昨夜风。

远沙平似镜。人在春波影。携酒坐花间，相看谁最闲。

——张纯修《菩萨蛮·看杏花，和容若韵》

此外，康熙十八年三月，朝廷召试博学鸿词科，三月初十那天，张见阳便邀请词科举子秦松龄、朱彝尊、毛际可、姜宸英、严绳孙、陈维崧等人会聚西山别业，联骑载酒，分字赋诗。其中有个叫施闰章的举子就写了一首《同毛会侯、曹宾及、梅耦长宿张见阳西山别业》：

> 马首看山日向西，蓝田庄好一招携。
> 萝荫别馆绿溪静，竹外繁花拂槛低。
> 雨过林深云不散，残春谷暖鸟初啼。
> 千峰四面青如许，醉逐东风信杖藜。

这首诗将张见阳的西山别业比作王维的蓝田别业，花开花落，云卷云舒，也足以说明山居景色之幽美，主人心境之悠然。

而在纳兰的词中，他过张见阳山居的时候，恰好是一个秋日——他看到漫山红叶，寂寂林野，立马远眺，清风徐来，顿感四面幽凉，通透怡然。又或是扈从途中，所以才过而不入，任凭满身疲惫，心事涌动。他是感性的，感性让他出尘；他是理性的，理性让他痛苦。他也有愿望，愿望是为了逃避痛苦，而愿望通常又以痛苦为食，是内心豢养的猛虎。所以，便只能留下这么一首词，就像留下一声沉沉的叹息，所有的情愫落在了一个"羡"字里。

江山风月本无主，闲者便是主人。但对于纳兰来说，过见阳山居，或去见阳家中做客，都不过是饱一场眼福罢了。

马齿加长矣。枉碌碌乾坤，问汝何事。浮名总如水。拼尊前杯酒，一生长醉。残阳影里，问归鸿、归来也未。且随缘，去住无心，冷眼华亭鹤唳。

无寐。宿醒犹在，小玉来言，日高花睡。明月阑干，曾说与，应须记。

是蛾眉便自、供人嫉妒，风雨飘残花蕊。叹光阴、老我无能，长歌而已。

——《瑞鹤仙·丙辰生日自寿，起用《弹指词》句，并呈见阳》

丙辰，即康熙十五年（公元1676 年），纳兰二十二岁。这一年的三月，纳兰进士及第，却迟迟不得朝廷任用。十月，朝廷则禁止八旗子弟考试进士。那段时间，纳兰极为苦闷，整日以琴书自娱。两年后，纳兰虽被皇帝留在身边，任三等侍卫，后来又晋升至一等侍卫，但实际上，纳兰从未真正获得过一展抱负的机会。

从这首词中，也可以看到纳兰内心"功名应看镜，明月秋河影"的痛。这一句，才是"安得此山间，与君高卧闲"的因，是岁月逝矣，命不我与的苦。纳兰的痛苦，是可以写给张见阳看的。张见阳也是与纳兰极为投契的一个朋友。他们曾结为"异姓昆弟"，经常相约见面，切磋风雅，唱和诗词，往来书信。

倚柳题笺，当花侧帽。赏心应比驱驰好。错教双鬓受东风，看吹绿影成丝早。

金殿寒鸦，玉阶春草。就中冷暖和谁道。小楼明月镇长闲，人生何事缁尘老。

——《踏莎行·寄见阳》

　　纳兰有新作的时候，总会差人送一份给张见阳指正。张见阳诗词书画俱佳，又擅长篆刻图章，纳兰生前曾多次托张见阳篆刻图书印章，纳兰故去后，又是张见阳为其辑刻《饮水诗词集》。而那个时候，他喜欢在新完成的画卷上，题上一首纳兰的诗词。

　　很多年后，见阳过世，友人在其墓志铭中还提及了他与纳兰的交往："与长白成公容若称布衣交，相与切劘风雅，驰骋翰墨之场，其视簪绂之荣泊如也。"簪绂，指古代官员的朝服。泊如，即淡泊。说见阳与纳兰相交，只谈风月翰墨，视身份门第为浮云，情出肺腑，发自性灵，故能长久。

　　譬如纳兰写诗填词没有灵感的时候，会给见阳写信："夜来微雨西风，亦春来头一次光景。今朝霁色，亦复可爱。恨无好句酬之。奈何，奈何。"生病时的问候："两日体中已大安否。弟于昨日忽患头痛喉肿，今日略差，尚未痊愈也。道兄体中大好，或于一二日内过荒斋一谈，何如？"以及邀约："明晨欲过尊斋，同往慈仁松下，未审尊意以为如何？"还有久未相见的想念："久未晤面，怀想甚切也，想已返辔津门矣。奚汇升可令其于一二日过弟处。感甚，感甚。"

　　有一次，纳兰去见阳家里，大饱而归，满心欢喜。只因见阳不拿他当贵族公子对待，从此引为同心知己："昨竟大饱而归。又承吾哥不以贵游相待，而以朋友待之，真不啻既饱以德也。谢谢。此真知我者也。当图一知己之报于吾哥之前，然不得以寻常酬答目之，一人知己可以无恨，余与张子，有同心矣。"

康熙十八年（公元1679年）夏，纳兰与张见阳及朱彝尊、严绳孙等朋友在渌水亭赏荷。怎料转瞬就是分别。是年秋天，姜宸英因母丧回江南，张见阳也要到外地赴任了。

愁绝行人天易暮，行向鹧鸪声里住。渺渺洞庭波，木叶下、楚天何处。

折残杨柳应无数，趁离亭笛声吹度。有几个征鸿，相伴也、送君南去。

——《菊花新·用韵送张见阳令江华》

纳兰去送张见阳，途中听到鹧鸪声声："行不得也哥哥！"霎时泪如雨下。张见阳参加了博学鸿词科，正式步入仕途，同时也意味着将与纳兰南北天涯，相隔万山。

薄宦天涯冷署中。相思人隔万山重。泪痕和叶一林红。

鹿鹿半生浑似水，飘飘两袖自清风。浮云遮莫蔽寒空。

——张纯修《浣溪沙·寄容若》

"渌水一樽，黯然言别，渐行渐远，执手何期？"从那年秋天与见阳分别，一直到康熙二十四年（公元1685年）五月离世，他们之间，都没有出现过记录相聚的作品。"人生别易会常难"，甚至很可能，他们别后就再也没有见过面。

康熙三十年（公元1691年）的秋天，顾贞观在扬州与张见阳见面，手授纳兰《饮水诗词集》书稿，请张见阳辑刻。其间追数往事，彼此相顾叹息，皆泣下不止。后来顾贞观翻看纳兰与见阳的书信，又不禁感叹："知容若，并可知见阳。"此言不虚也。

纳兰和见阳，他们是温暖的挚友，也是精神上的同类。他们之间的感情，就像两缕穿越纷扰尘世，欣然相逢的箫声，有明月松间照，清泉石上流的况味，也有扫径以待，等你携酒而来的温暖。元人小令里写山居生活：数间茅舍，藏书万卷，松花酿酒，春水煎茶……如果人生似这般可以选择，纳兰一定很乐意与见阳一起借山而住，做风雅的知己，也做亲切的邻居。

菩萨蛮（乌丝曲倩红儿谱）

为陈其年①题照

乌丝曲倩红儿谱②，

萧然半壁惊秋雨③。

曲罢鬟鬟偏。

风姿真可怜。

须髯浑似戟④。

时作簪花剧⑤。

背立讶卿卿⑥，

知卿无那⑦情。

【笺注】

①陈其年：纳兰的好友陈维崧。

②乌丝曲倩红儿谱：乌丝曲，即陈维崧的词集《乌丝词》。倩，请。红儿，本指唐代名伎杜红儿，后泛指歌伎。词中代指画像的歌女。意思是歌女在弹唱陈维崧的作品。

③惊秋雨：出自李贺《李凭箜篌引》诗句："女娲炼石补天处，石破天惊逗秋雨。"比喻歌女技艺高超。

④须髯浑似戟：须髯，络腮胡。戟，一种将矛和戈结合在一起

的兵器。古代男子以多须为美，《清史稿》本传云："维崧清臞多髯，海内称陈髯。"

⑤簪花剧：将花朵簪戴在头上的游戏。《红楼梦》第二十三回写："每日只和姊妹丫头们一处，或读书或写字，或弹琴下棋，作画吟诗，以至描鸾刺凤，斗草簪花，低吟悄唱，拆字猜枚，无所不至，倒也十分快乐。"

⑥卿卿：男女之间的昵称。

⑦无那：无限，无尽。见李煜《一斛珠》："绣床斜凭娇无那，烂嚼红茸，笑向檀郎唾。"

【译文】

歌女悠悠弹唱着一首《乌丝词》，是那样萧然自得，婉转动听，就连天上的神仙也会动情。一曲唱罢，她的髻鬟偏向了一遍，那慵懒的风姿真是惹人怜爱。

陈维崧须髯如戟，却时常喜欢簪花游戏。初见他时，歌女会觉得讶异，但很快便会知道，他有着无尽的风流与才情。

【赏析】

康熙十七年（公元1678年）闰三月二十四日，柳色如烟的扬州驿馆里，伴着袅袅的篆香，绵软的丝竹，顷刻之间，来自岭南的著名诗画僧释大汕便完成了一张小像。搁笔后，释大汕遂飘然而去，如一滴水路过荷叶，只留下静坐的画中人，身处世间最深的红尘。

而三个月前，吏部刚接到一道圣旨："自古一代之兴，必有博学鸿儒，振起文运，阐发经史，润色词章，以备顾问著作之选。朕万几余暇，游心文翰，思得博学之士，用资典学。我朝定鼎以来，崇儒重道，培养人才，四海之广，岂无奇才硕彦，学问渊通，文藻瑰丽，可以追踪前哲者，凡有学行兼优，文词卓越之人，不论已仕、未仕，令在京三品以上及科、道官员，在外督、抚、布、按，各举所知……"数日后，圣旨便抵达了江南，一石激起千层浪。朝廷要开设博学鸿词科，是皇恩浩荡，还是政治手腕？谁又会成为荐举名单里的人？康熙十七年（公元1678年）秋天，不管是自愿，还是被迫，江南一大批文人都北上了。

彼时释大汕在扬州驿馆为友人画下的那张小像，也随之被带到了京城，不久后便引来了各方名流三十余人的竞相题咏。纳兰便是其中之一。那张图，正是《迦陵填词图》。

迦陵，是佛经里的一种神鸟。"其羽毛世不可得而见，其文彩世不可得而知。划然啸空，声若鸾凤。朝游碧落，暮返西池。神仙之与偕，而缥缈之与宅……"迦陵，还是陈维崧的号。陈维崧，字其年，号迦陵，江苏宜兴人，当时的"江左三凤"之一，阳羡词派的领袖。

康熙十七年冬，去京城参加博学鸿词科的时候，陈维崧已经五十四岁了。翌年三月开考，月底发榜，陈维崧被取为一等，授官翰林院检讨，参与修撰《明史》。大约就是在京城准备考试的这段时间内，陈维崧结识了比他小三十岁的纳兰容若，成了渌水亭的常客。在一首作于康熙十八年（公元1679年）春的郊游词中，京郊的春意已阑珊，友人们并马前行，一路饮酒联句，情义却是明明如月，春满花枝：

> 出郭寻春春已阑（陈维崧）。东风吹面不成寒（秦松龄）。青村几曲到西山（严绳孙）。
>
> 并马未须愁路远（姜宸英），看花且莫放杯闲（朱彝尊）。人生别易会常难（纳兰成德）。
>
> ——《浣溪沙·郊游联句》

秦松龄还写了一个题跋，表述他对纳兰公子的印象："人谓容若贵公子耳，稍知之者，目为才人已耳。不知其志洁，其行芳，不但不以贵公子自居，并不肯以才人自安也。"也足以从侧面看出纳兰个性里的温良与清雅。但就像《浣溪沙》那句"人生别易会常难"，彼时亲历过生离死别的纳兰，内心的隐痛还是会时不时地从笔端洇出来。忧伤于他，已成了一种不自知的气质。如此再来看纳兰的这首《菩萨蛮》，倒是难得的不露伤感，且格调诙谐的作品。

《迦陵填词图》如今尚在。据《白雨斋词话》记录："《迦陵填词图》为释大汕传神，掀髯露顶，真有国士风。旁坐丽人拈洞箫而吹，恍唱'杨柳岸晓风残月'也。"画卷中，只见那倚曲填词的陈维崧盘膝坐在榻上，面前一壶茶，一方砚，一页纸，右手正欲落笔，左手轻轻拈髯，似已沉醉于歌女的箫声。他身边的歌女则坐在一片蕉叶上，朱唇轻启，纤指如葱，琵琶弹罢，又试玉箫。果然是一位美髯公。相传陈维崧在弱冠之年便长出了浓密的络腮胡，一直长到颧骨的位置，因美髯而闻名，是为"冠而多须，浸淫及颧准，陈髯之名满天下"。

纳兰这首词还有另一个抄本：

乌丝词付红儿谱。洞箫按出霓裳舞。舞罢髻鬟偏。风姿真可怜。

倾城与名士。千古风流事。低语属卿卿，卿卿无那情。

——《菩萨蛮·为陈其年题照》

陈其年，"须髯浑似戟"是他，"卿卿无那情"也是他。这个情，是豪情，是才情，也是柔情。就像朱彝尊写他："擅词场、飞扬跋扈，前身可是青兕？"青兕，即青兕牛，古代犀牛类兽名，独角，青色，重千斤。

青兕，也是辛弃疾的别称。一个可以于万军之中取敌将首级的人，在敌军眼里，自然与青兕无异。而朱彝尊说陈维崧是青兕后身，则是说他与辛弃疾一样词风豪迈，气骨雄壮，心中有着难酬的壮志。

"崧高维岳，骏极于天。"生于晚明的陈维崧，幼年时文名初显，十七岁在童子试中名列第一，后来又以瑰玮的文采成了清初词坛最有名的人物。他的骈文被时人评为"言情则歌泣忽生，叙事则本末皆见。至于路尽思穷，忽开一境，如凿山，如坠壑……"陈廷焯的《白雨斋词话》甚至赞誉他是人杰，说他写的词波澜壮阔，骨力绝迹，沉雄后爽，论其气魄，古今无敌手。

寒山几堵，风低削碎中原路。秋空一碧无今古。醉袒貂裘，略记寻呼处。

男儿身手和谁赌？老来猛气还轩举。人间多少闲狐兔。月黑沙黄，此际偏思汝。

——陈维崧《醉落魄·咏鹰》

所以，即便是亲历了家国兴亡，怀才不遇，以及几十年的风雨落拓，江湖依旧是那个江湖，他也依旧是名士与狂生，簪花填词，卿卿无那，一支笔，一管洞箫，就足以写尽千古风流。

金缕曲（何事添凄咽）

慰西溟①

何事添凄咽？

但由他、天公簸弄，莫教磨涅②。

失意每多如意少，终古几人称屈。

须知道、福因才折。

独卧藜床看北斗③，背高城、玉笛吹成血。

听谯鼓④，二更彻。

丈夫未肯因人热⑤。

且乘闲、五湖料理，扁舟一叶⑥。

泪似秋霖挥不尽，洒向野田黄蝶。

须不羡、承明班列⑦。

马迹车尘忙未了，任西风、吹冷长安月⑧。

又萧寺⑨，花如雪。

【笺注】

①西溟：纳兰的朋友姜宸英。

②磨涅：磨砺，浸染。出自《论语·阳货》："不曰坚乎？磨而不磷。不曰白乎？涅而不缁。"意思是真正坚韧的东西，磨砺不

会损之以型，真正洁白的东西，浸染也不会毁之其色。此指西溟坚定的意志和高洁的品格，不会因挫折而改变。

③藜床：藜茎编织而成的简陋床榻。北斗：本意为北斗七星，此处代指朝廷。

④谯鼓：城门望楼上报时的更鼓之声。

⑤丈夫未肯因人热：大丈夫不愿意借助他人的力量来成全自己。典出东汉班固所撰《东观汉记·梁鸿传》：梁鸿的邻居做完饭后，请梁鸿趁着热锅热灶做饭，但梁鸿说自己是个"不因人热"的人，于是灭灶，又重新生火。

⑥五湖料理，扁舟一叶：弃功名而归隐。典出《国语·越语》：春秋时，范蠡辅佐越王勾践灭吴，功成之后即辞官归隐，泛舟五湖。

⑦承明班列：承明，即汉代皇宫的承明庐，侍臣值宿的地方，后代指在朝为官。班列：上朝时排列的位次。

⑧长安月：长安的月亮。此处指京城月色。

⑨萧寺：佛寺。因梁武帝萧衍崇信佛教，兴建佛寺时常冠以萧姓，故称萧寺。此指供西溟栖身的千佛寺，位于京城北城墙外。

【译文】

是何事让你伤心流泪？且由他去吧，不管是上天的捉弄，还是命运的折磨，都无法改变你的志向与品格。这世上，本来就很少有活得称心如意的人，你要知道，有才华的人，又总会因此折损福分。你在京城的高墙之外独卧藜床，仰望着北斗七星，借玉笛诉说着心中的哀愁。而那城楼之上，谯鼓声声，二更已过。

大丈夫不愿意借助他人的权势为自己谋取利益，倒宁愿隐逸山林，泛舟五湖，去追寻另一种生活。那时，若再有秋雨一般滂沱的眼泪，也可以洒向田野，与蝴蝶倾诉衷肠。其实不必羡慕朝堂上的那些官员，许多人每天都在为仕途名利奔波，早已忘却了初心。也不要再去想被西风吹冷的京城月色，你且看看寄居的寺中，又到了花开如雪的季节。

【赏析】

康熙十七年（公元1678年）正月，康熙皇帝平定三藩之后，为稳定民心，振兴文运，网罗人才，特下旨开设博学鸿词科，凡学行兼优、文辞卓越者，由地方官员推荐即可参加。于是，各地名士纷纷入京应试。其中就包括明朝遗少陈维崧、江南才子秦松龄，以及并称"江南三布衣"的朱彝尊、严绳孙、姜宸英——这些人都是纳兰的朋友。康熙十八年（公元1679年）三月初，博学鸿词科在紫禁城开考，试者多达百余人。而月底发榜时，陈维崧、秦松龄等人皆榜上有名，唯有姜宸英遗憾落选。是年初秋，因落榜一事而郁郁寡欢的姜宸英又遭遇母丧，内心愈发痛楚苦闷，纳兰遂以《金缕曲》慰勉之，情深意切，令人感佩。

姜宸英，字西溟，号湛园，又号苇间，浙江慈溪人，文思敏捷，诗书俱佳，个性却孤傲不羁，居京城时常"举头触讳，动足遭跌"。

　　那么为何纳兰会说西溟落榜是"天公簸弄"呢？以西溟的才华，的确足以金榜题名——昔日他在江南时，从京师而来的求文者就已经络绎不绝。但就在他屡试不第后，准备收敛性情好好应试时，当时推荐西溟的地方官却因事被召入宫，整月未能外出，从而导致西溟的应考手续被延误，最后无缘榜单。所以，时人皆叹："其命也夫！"纳兰明白，以西溟的性情，他又绝对不可能去寻求他人的帮助来为自己谋求功名。就像当初西溟来京城，身无分文，落魄潦倒，也不愿寄身明珠府邸，而是宁愿栖居于简朴的千佛寺一样。

　　失意空悲咽。只新来、栖迟梵舍，试谈白业。居士现身菩萨果，莫是牢笼豪杰。听几个、篸篸夜折。弹绝朱弦休再续，笑荒唐、四海青鸾血。禅榻上，晓钟彻。

　　一龛佛销炎热。更闲翻、琅函万卷，止啼黄叶。浪把空虚分两橛，栩栩庄生蝴蝶。看苒苒、年华如客。学道苦迟婚宦误，错回头、第二天边月。我与尔，冀成雪。

　　　　　　——秦松龄《金缕曲·和容若韵，简西溟，时西溟寓千佛寺》

　　当时秦松龄也写了一首词安慰西溟。他嘲笑命运的荒唐，并劝慰好友，年华匆匆，朝如青丝暮成雪，世间还有许多比仕途更重要的事物，值得去追求，去守护。

而对于纳兰来说，西溟想要追求的，正好是他想要挣脱的。纳兰一直渴望远离朝堂纷争，归隐山川河岳，在他看来，"人生在世不称意，明朝散发弄扁舟"，得风月之闲，以喜欢的方式过一生，哪怕是做个渔翁，也有自己的富贵和自由。所以他宽慰西溟，塞翁失马，焉知非福，朝廷之中那些钩心斗角、追名逐利的人，最终又有几个可以过得闲适安然呢？

南北朝范云有一首《别诗》："洛阳城东西，长作经时别。昔去雪如花，今来花似雪。"时光的流逝总是无声又迅疾，西溟很快就要回江南居母丧了。自此天涯南北，不知何时才能重聚。

谁复留君住。叹人生、几翻离合，便成迟暮。最忆西窗同剪烛，却话家山夜雨。不道只、暂时相聚。滚滚长江萧萧木，送遥天、白雁哀鸣去。黄叶下，秋如许。

日归因甚添愁绪。料强似、冷烟寒月，栖迟梵宇。一事伤心君落魄，两鬓飘萧未遇。有解忆、长安儿女。裘敝入门空太息，信古来、才命真相负。身世恨，共谁语？

——《金缕曲·姜西溟言别，赋此赠之》

在西溟归慈溪时，纳兰不仅连写数篇赠别之作，怀念往日倾心交谈的情景，同时宽慰挚友，助其化解心结，更为其打点好了车马银两，助其顺利还乡。拳拳之意，感人肺腑。

在另一首《点绛唇》中，纳兰又写：

小院新凉，晚来顿觉罗衫薄。不成孤酌。形影空酬酢。

萧寺怜君，别绪应萧索。西风恶。夕阳吹角。一阵槐花落。

学者严迪昌曾在《清词史》中赞誉《金缕曲·慰西溟》一词："慨然长吭，劝慰中透不平。""有风鸣万窍、怒涛狂卷的气韵，决不是自缚于南唐一家者所能出手的，至于神虚情匮的工匠们更是难加问津。"而这首《点绛唇》，则更像一声不被浊世所容的叹息，孤独地落在了雪地上。

那时的纳兰，想起的是西溟到京时，他们还常在千佛寺的花树下相见，欢畅对饮，赋诗填词。那时，头顶满树的槐花开得正盛，洁白的花朵悬在树梢，犹如皑皑白雪，清香漫溢，纷纷扬扬。只是转眼经年，千佛寺如旧，花开亦如昔，唯有斯人，忧愁落寞，心境已非昨。

浣溪沙（藕荡桥边理钓筒）

寄严荪友①

藕荡桥边理钓筒②。

苎萝③西去五湖④东。

笔床茶灶⑤太从容。

况有短墙银杏雨⑥，

更兼高阁玉兰风。

画眉闲了画芙蓉⑦。

【笺注】

①严荪友：严绳孙，字荪友，号秋水，又号藕荡渔人，诗词书画俱佳的"江南三布衣"之一，纳兰的忘年知己。

②钓筒：插在水里捕鱼的竹器。陆游《长相思》有词句："云千重。水千重。身在千重云水中。月明收钓筒。"

③苎萝：即苎萝山，位于现浙江诸暨南，传说西施的父母就是山中的卖柴人。见李白《咏苎萝山》："西施越溪女，出自苎萝山。秀色掩今古，荷花羞玉颜。"

④五湖：此指太湖，暗喻归隐不仕。

⑤笔床茶灶：笔床，即笔架，可卧置毛笔，故名。茶灶，用来

烹茶的小灶。

⑥况有短墙银杏雨：化用严荪友《望江南》词句："暗绿扑帘银杏雨，昏黄扶袖玉兰风，人在小窗中。"

⑦画眉闲了画芙蓉：典出"张敞画眉"，比喻夫妻感情极好。西汉张敞儿时投掷石块时，曾误伤同村女孩的眉角。后来他长大做官，听家人说起旧事，那个女孩因眉角之伤一直未能出嫁，便立即上门提亲。婚后，他每天上朝前都要为妻子画眉。芙蓉，指荷花。

【译文】

这样的时刻，你应该是在藕荡桥边整理钓筒吧。苎萝山以西，太湖以东的确是隐居的好地方，带上笔架和茶灶，便可泛舟山水之间，多么快意逍遥。

更别说还有雨点敲打短墙，银杏绿影映窗，风将玉兰的香气吹进阁楼的宁谧景象，以及清晨时为妻子画眉，闲暇时邀荷花入画的美好时光。

【赏析】

这首词的写作时间大约是康熙十五年（公元1676年）四月之后，到康熙十七年（公元1678年）夏季之前。那个时候，严绳孙离京回到家乡无锡，正是居住在藕荡桥边。按照顾贞观的备注，藕荡桥地处杨湖附近，夏日有十里风荷，香气延绵，景色极美，严绳孙就那般悠然地泛舟湖上，往来于藕花深处，自号藕荡渔人。而且，藕荡桥边还有洋溪、丘壑、竹林等胜景，严绳孙不仅在那里买了田地，更是连自己的墓地都看好了。他是打算在那里隐居终老的。所谓"轩冕富贵不动其心，诗酒笔墨自娱而已"，当地人都将他比作元末明初的画家倪瓒（云林）。

倪瓒也是无锡人，其人孤傲清逸，一生寄情书画山水，心中的风云与志趣皆化作了笔底的湖光和烟霞。朱元璋建立明朝后，因仰慕倪瓒的才情，曾召倪瓒进京为官，但倪瓒拒不出仕，又以诗句"轻舟短棹向何处，只傍清水不染尘"表明心志，自始至终不愿涉足官场。

而纳兰也在严绳孙身上看到了倪瓒的从容高逸，陆龟蒙的清幽散淡。所以他写："笔床茶灶太从容"。《新唐书》里说诗人陆龟蒙举进士不第后，便在浙江湖州顾渚山下置园隐居，不与流俗交接，也不喜欢乘坐车马，却喜欢在躬耕之余，于船上设置篷席，带着书卷、茶灶、笔床、钓具往来江湖之间，时人称之"江湖散人"。倪瓒也喜欢孤舟蓑笠，载竹床茶灶，风行水上。

那么严绳孙呢，如果没有康熙十八年（公元1679年）那场博学鸿词科，他应该后半生都不会再去京城吧。当时，许多人将那次考试视为改变命运的契机，但也有人不过是迫于政治压力，不得已而为之。因而，严绳孙即便到了考场，也无心应试，考试时更是以生病为由提前退场，考卷上仅留一首《省耕诗》。但即便是这样，发榜时，严绳孙还是被康熙皇帝破格取为二等，授翰林院检讨，参与《明史》编纂。六年后，六十三岁的严绳孙终于可以用年老体衰作为理由辞官归里，余生再不出仕。

其实很久以前，严绳孙就曾在《自题小画》中表明心志，不愿涉足官场。他写："君看沧海横流日，几个轻舟在五湖。"多像倪瓒曾经拒绝出仕的诗句："轻舟短棹向何处，只傍清水不染尘。"

藕风轻，莲露冷，断虹收。正红窗、初上帘钩。田田翠盖，趁斜阳、鱼浪香浮。此时画阁垂杨岸，睡起梳头。

旧游踪，招提路，重到处，满离忧。想芙蓉湖上悠悠。红衣狼藉，卧看桃叶送兰舟。午风吹断江南梦，梦里菱讴。

——《金人捧露盘·净业寺观莲，有怀苏友》

严绳孙第一次从京城回江南时，纳兰经常会想念他，给他写信，邮寄诗词，诉说离愁和想念。康熙二十四年（公元1685年）四月，也就是纳兰去世前的一个月，严绳孙最后一次离京。只是时隔多年，纳兰再去送他，文字里已没有了往昔的憧憬与戏谑，只余英雄白头的孤悲，落花欲谢的黯然：

人生何如不相识，君老江南我燕北。

何如相逢不相合，更无别恨横胸臆。

留君不住我心苦，横门骊歌泪如雨。

君行四月草萋萋，柳花桃花半委泥。

江流浩淼江月堕，此时君亦应思我。

我今落拓何所止，一事无成已如此。

平生纵有英雄血，无由一溅荆江水。

荆江日落阵云低，横戈跃马今何时。

忽忆去年风月夜，与君展卷论王霸。

君今偃仰九龙间，吾欲从兹事耕稼。

芙蓉湖上芙蓉花，秋风未落如朝霞。

君如载酒须尽醉，醉来不复思天涯。

——《送荪友》

对于荪友来说，他远离了京城，回到藕荡桥边，余生都是一个豁然明朗的世界。对于纳兰而言，随着荪友的离去，他的世界，又黯淡了一块。至于横戈跃马，欲事耕稼的愿望，也将只是今生醉梦一场。

不禁感叹，多年前在《浣溪沙》里，纳兰还会小小地打趣一下荪友，写一句"画眉闲了画芙蓉"。严荪友画技精湛绝伦，尤擅人物、花鸟，身边更有红袖添香，还曾写过"犹是不曾轻一笑，问谁堪与画双蛾。一般愁绪在心窝。"

那个时候，纳兰将荪友比作携西施隐逸五湖的范蠡，又将荪友比作为妻子画眉的张敞。然而人生在世，浪迹天涯也好，沉醉闺阁也罢，那都只能是朝堂之外，他心向往之，又遥不可及的自由与风流。

水龙吟（须知名士倾城）

题文姬图①

须知名士倾城②，一般易到伤心处。

柯亭响绝③，四弦才断④，恶风吹去。

万里他乡，非生非死⑤，此身良苦。

对黄沙白草，呜呜卷叶⑥，平生恨、从头谱。

应是瑶台伴侣⑦。

只多了、毡裘夫妇⑧。

严寒觱篥⑨，几行乡泪，应声如雨。

尺幅重披，玉颜千载，依然无主⑩。

怪人间厚福，天公尽付，痴儿骏女⑪。

【笺注】

①文姬图：此指描绘在花灯上的蔡文姬画像。蔡文姬是东汉文学家蔡邕之女，名琰，字文姬，博学多才，精通音律。东汉末年，南匈奴入侵，文姬在战乱中被掳，后嫁于南匈奴左贤王为妻，饱受思乡之苦十二年。直至曹操统一北方，才花重金将其赎回。文姬作品有《悲愤诗》二首和《胡笳十八拍》传世。

②名士倾城：名士与美人。此指被流放的吴兆骞和被掳匈奴的

蔡文姬有着相似的命运。

③柯亭响绝：典出《长笛赋》，蔡邕避难江南时，曾宿于柯亭。柯亭盛产良竹，房屋皆以竹为椽。蔡邕看中了一段竹椽，遂取之为笛，吹来奇声独绝。柯亭响绝，指蔡邕过世后，人间再无那般绝妙的笛声。

④四弦才断：典出《后汉书·列女传》，蔡邕有天在夜间弹琴，突然断了一根弦，时年六岁的文姬隔墙听到后说："断的是第二弦。"蔡邕觉得女儿只是偶然猜对，便故意弄断另一根琴弦，文姬听后答道："断的是第四弦。"果然准确无误。因此，文姬又被世人称赞有"四弦之才"。

⑤万里他乡，非生非死：出自吴梅村的《悲歌赠吴季子》诗句"人生千里与万里，黯然销魂别而已。君独何为至于此，山非山兮水非水，生非生兮死非死。"此指文姬被掳后的悲苦生活，暗指吴兆骞被流放后生不如死的境况。

⑥呜呜卷叶：卷起树叶吹出的凄凉声音。白居易《杨柳枝》诗句有："剥条盘作银环样，卷叶吹为玉笛声。"

⑦瑶台伴侣：神仙眷侣。

⑧毡裘夫妇：指文姬嫁于匈奴左贤王一事，《胡笳十八拍》中有："毡裘为裳兮骨肉震惊，羯膻为味兮枉遏我情。"暗指被流放的吴兆骞夫妇，关外苦寒，只能穿着北方游牧民族的衣物。

⑨觱篥：汉代一种管乐器，多见于北方游牧民族，形似喇叭，以芦苇做嘴，以竹做管，声音悲凄，可惊马。

⑩尺幅重披，玉颜千载，依然无主：尺幅，小幅的画卷，即花灯上的《文姬图》。重披，再次披览，观赏（文姬赴匈奴的情景）。画卷上的文姬，相隔千年，依然那么美丽，那么孤独。文姬在《胡笳十八拍》中自述："天灾国乱兮人无主，唯我薄命兮没戎虏。"

⑪痴儿騃女：愚蠢无知的人。騃：呆、傻。

【译文】

自古以来，名士与美人一样，都很难逃脱伤心的境遇。蔡邕之后，人间已没有那般奇绝的笛声，他的女儿文姬虽有"四弦之才"，却因为一场战乱，流落到万里之外的异乡，生死熬煎，身心苦寒。对着漫天的黄沙和白茫茫的牧草，卷起树叶吹一首呜咽的曲子，将平生的怅恨，从头诉说。

文姬这样的美人，本应与良人结成神仙眷侣，琴瑟和鸣，岁月静好。怎料却被匈奴人掳去，与匈奴人成婚，居无定所，游牧为生。在严寒的天气里，觱篥的声音总会勾起她绵绵的思乡情绪，让她泪如雨下。如今站在《文姬图》前，看着她如玉的容颜，千年的时光过去，她依然那么孤独。只叹上天不公，将人间的厚福都错付给了愚笨的人，而让那些名士与美人去经历悲惨的命运。

【赏析】

康熙二十一年（公元1682年）正月十五，上元佳节夜，纳兰府的花间草堂里，月影迷离，清风拂面，高朋满座，纱灯如梦。趁着酒兴，众友们开始各自指着纱灯上所绘的图案题咏赋诗，如顾贞观、陈维崧、严绳孙、姜宸英……以及从宁古塔归来的吴兆骞。是夜恰逢月食，又有良朋在侧，纳兰身为这场琼筵的主人，一共题咏了好几首诗词。但最出彩的，还是《水龙吟·题文姬图》。蔡文姬，那个一千多年前的倾城佳人，也曾像吴兆骞一样，遭受过无妄之灾，被迫在万里之外的寂寞苦寒之地，日夜思乡，以泪洗面，十余年，九死一生。

一盏纱灯，一幅画卷，透过身边人的境遇，纳兰看到的，却是两个同病相怜的灵魂。

吴兆骞咏的则是《柳毅传书图》，笔墨在胸，一气呵成。当时的他年过半百，经历多年的流放生涯之后，已是须发萧疏，两鬓星星。唯有才华，依旧不曾因为命运的折磨而减损半分。福焉祸焉？站在吴兆骞身边的纳兰不知道。他只知道，一想起吴兆骞在关外的悲辛岁月，他就会悲愤难抑，心痛如割。

同为江南名士的吴梅村在《悲歌赠吴季子》中写道："十三学经并学史，生在江南长纨绮，词赋翩翩众莫比……生男聪明慎莫喜，仓颉夜哭良有以，受患只从读书始。"想起苏轼也曾写有《洗儿》诗用以自嘲：

人皆养子望聪明，我被聪明误一生。
惟愿孩儿愚且鲁，无灾无难到公卿。

彼时的苏轼，经历过牢狱之灾后，正在黄州的小山坡上垦荒，满腹诗文也换不来几餐饱饭，然而若不是他在朝中才气与正气皆锋芒毕露，又何来乌台诗案，欲加之罪，以及整个后半生的颠沛流离呢?

就好比吴兆骞，若不是才子，想必就不会被下狱、流放。蔡文姬，若不是美人，或许也不会被掳去，迫嫁匈奴。所以纳兰感叹道："怪人间厚福，天公尽付，痴儿骏女。"名士倾城，命运多舛，只因美人之美，才子之才……奈何，奈何。

金缕曲（未得长无谓）

未得长无谓①。

竟须将、银河亲挽，普天一洗②。

麟阁才教留粉本，大笑拂衣归矣③。

如斯者、古今能几④。

有限好春无限恨，没来由、短尽英雄气⑤。

暂觅个，柔乡⑥避。

东君⑦轻薄知何意。

尽年年、愁红惨绿，添人憔悴。

两鬓飘萧⑧容易白，错把韶华⑨虚费。

便决计、疏狂休悔。

但有玉人常照眼⑩，向名花、美酒拼沉醉。

天下事，公等在。

【笺注】

①未得长无谓：语出李商隐《无题》诗句："人生岂得长无谓，怀古思乡共白头。"此指人生不能没有一番作为。

②银河亲挽，普天一洗：豪迈之语，指大丈夫力挽狂澜、洗净乾坤的志气。如杜甫《洗兵马》诗句："安得壮士挽天河，净洗甲

兵长不用。"

③麟阁：麒麟阁。汉宣帝曾令人将十一名功臣的画像藏于麒麟阁，用以表彰纪念。后世则视"功成麒麟阁"为人臣的至高荣耀。粉本：图画，画像。大笑拂衣归矣：指立功建业之后不受功勋，辞官归隐。此处化用李白《侠客行》诗句意韵："事了拂衣去，深藏功与名。"

④如斯者、古今能几：像这样的人，放眼古今，能有几个呢？

⑤没来由、短尽英雄气：不知为何，心中的英雄气概已消失殆尽。

⑥柔乡：温柔乡，美人的怀抱。

⑦东君：掌管春天的神仙。

⑧飘萧：头发稀疏。衬托心境的颓唐和沧桑。

⑨韶华：美好的年华。

⑩但有玉人常照眼：只要经常看到美人的身影。有美人相伴。出自晚明王彦泓《梦游》诗："但有玉人长照眼，更无尘务暂经心。"

【译文】

生而为人，岂能碌碌无为，自当胸怀凌云之志，力挽天河，洗净乾坤。建功立业之后，画像留于麒麟阁上，却不愿接受封赏，而是大笑拂衣去，深藏功与名，归隐山野。古往今来，像这样的人物，又有几个呢？青春有限，长恨绵绵，不知为何，心中的英雄气概已经消失殆尽。不如暂且寻觅一个温柔的怀抱，当成避世的地方。

或许是因为掌管春天的神仙生性太过轻薄，才有年年花红柳绿，令人感伤，徒增憔悴。两鬓最易生长白发，不经意又虚度了美好的年华，便干脆这般疏狂下去，不让自己后悔。只要身边经常有美人相伴，可以沉醉美酒，眠于花下。至于天下大事，就交给诸位吧。

【赏析】

康熙二十三年（公元1684年）春，纳兰写信给江南的顾贞观，拜托其为自己留意沈宛，并约定夏秋之交，来京相见："杪夏新秋，准期握手。又闻琴川（今江苏常熟）沈姓有女颇佳，亦望吾哥略为留意。"

沈宛，字御婵，江南歌伎，素有才名，著有《选梦词》一册。当沈宛的词作从南至北，传到纳兰手中时，他心底的那座孤岛，仿佛找到了相通的河流。顾贞观去拜访沈宛之后，更是惊为天人。于是从那个时候起，沈宛便成了纳兰的一个梦，一个远离朝堂，归隐花间，赌书泼茶，红袖添香的梦。

他们之间，渐渐有书信往来。在很多个夜晚，面对幽窗、冷雨、孤灯，他的笔尖落在纸上，写一个温柔的名字，眼眸里就会荡起细微的波纹。随着精神上交往的深入，纳兰愈加期待秋天的到来，同时，也愈加厌倦仕宦生涯。怎料阴差阳错，是年秋天，顾贞观终于可以携沈宛北上，纳兰却要马上扈驾南巡。

皇帝下江南的日期定在了九月二十八日。二十七日中午，纳兰将一抔情绪托付笔墨，给身居京城的朋友严绳孙写了一封信："弟比来从事鞍马间，益觉疲顿，发已种种，而执殳如昔，从前壮志，都已瓂尽。昔人言，身后名不如生前一盅酒，此言大是，弟是以甚慕魏公子之饮醇酒，近妇人也。"这段话的意思，可谓与《金缕曲》如出一辙。所以，《金缕曲》极有可能是写于南巡回来之后，也就是纳兰初见沈宛，感情有了眉目的时候。

在纳兰写给严绳孙的信中，字里行间都流露出了深深的倦意。如他所说，官场上的浮名虚利，从来都不是他想要去追逐的东西。他真正羡慕的，还是魏公子功成之后，与心爱之人避世而居的生活。就像他曾在苍茫塞外用文字勾勒的一个梦境：

灯影伴鸣梭。织女依然怨隔河。曙色远连山色起，青螺。回首微茫忆翠娥。

凄切客中过。料抵秋闺一半多。一世疏狂应为著，横波。作个鸳鸯消得么。

——《南乡子·柳沟晓发》

魏公子，即信陵君魏无忌，"战国四公子"之一。在纳兰心里，魏公子是洒脱的。魏公子曾"银河亲挽，普天一洗"——比如留名青史的"窃符救赵"，两退强秦，保魏国平安十余年。后来，因为功高遭忌，却也可以"大笑拂衣归矣"，饮最烈的酒，爱最好的人。那个时候，名震天下的过往，也只不过是他肩上的一粒尘埃。

纳兰在信中继续写："吾哥所识天海风涛之人，未审可以晤对否？弟胸中块垒，非酒可浇，庶几得慧心人以晤言消之而已。沦落之余，久欲葬身柔乡，不知得如鄙人之愿否耳。乘兴南往，恐难北上，如尚未发棹，须由中州从陆。以岁前为期，便当别置帷房，以炉茗相待也。"

那时，纳兰还将素未谋面的沈宛比作"天海风涛之人"，足以证明他对沈宛的喜爱和欣赏。"天海风涛"出自李商隐《柳枝五首》的序言："柳枝，洛中里娘也……生十七年，涂妆绾髻，未尝竟，以复起去。吹叶嚼蕊，调丝擪管，作海天风涛之曲，幽忆怨断之音……"而柳枝正是李商隐的红颜知己，也是一名颇具才华的歌伎。

纳兰向严绳孙坦承了自己的心事，分明满怀沧桑，却又像一个情窦初开的少年：不知道这一次是不是真的可以与她相见？心中块垒已经沉积多年，或许可以通过与这位慧心人见面而化解。此后若可以日夜与其相伴，不必过问人间世事，该有多好。只是马上就要扈从江南，又不知道何时北归，真是让人忧伤。如果过年前我还没有回来，就请兄长帮忙置一别院，安顿沈宛，并温柔相待。那一座安置沈宛的别院，纳兰还请朋友写了一块匾额，要求上书"鸳鸯社"。

"得成比目何辞死，愿作鸳鸯不羡仙。"

如此，再结合这首《金缕曲》来看，江南才女沈宛，也的确是纳兰想把余生所有的深情和珍爱都一并交付的人。

点绛唇（一帽征尘）

寄南海梁药亭①

一帽征尘②，留君不住从君去。

片帆何处。

南浦沉香雨③。

回首风流，紫竹村边住④。

孤鸿语⑤。

三生定许。

可是梁鸿侣⑥？

【笺注】

①梁药亭：梁佩兰，字芝五，号药亭，广东南海人，清初著名诗人，与屈大均、陈恭尹并称为"岭南三大家"，纳兰好友。

②一帽征尘：帽子上落满征途的尘埃。指风尘仆仆的样子。

③南浦沉香雨：南浦，南面水边。因江淹《别赋》中有"春草碧色，春水绿波，送君南浦，伤如之何"，后泛指水路送别。陆路送别则多用"长亭"。沉香，即沉香浦，位于广东南海琶琶洲，因晋代广州刺史吴隐之将妻子所藏的一斤沉香投于其中而得名。

④紫竹村：梁药亭曾在家乡居住的地方。

⑤孤鸿语：出自苏轼《卜算子》："谁见幽人独往来，缥缈孤鸿影。"词中将梁药亭比作远离红尘的幽人。

⑥梁鸿侣：东汉隐士梁鸿家贫而好学，尚气节，与妻子孟光隐居于霸陵山中，布衣荆钗，晴耕雨读，弹琴自娱，是为"神仙眷侣"。

【译文】

你的帽子上才落满征途的尘埃，却又要出发。我留不住你，只能送你离去。久久伫立岸边，望着那一叶扁舟，它要把你带往何方呢，是烟雨蒙蒙的沉香浦吗？

回想往昔，你曾是居住在紫竹村边的风流名士。而你的前世，也定是梁鸿一般的人物，携爱侣，远红尘，隐居山中，清幽过一生。

【赏析】

康熙二十年（公元1681年），梁佩兰离开京师，返回故乡广东南海，纳兰以此词寄赠。至于梁佩兰离京的缘由，则是因为仕进不利。

梁佩兰出生于明崇祯二年（公元1629年），自幼天资聪颖，能"日记数千言"，少年时专攻经史百家，成年后在岭南一带已颇有才名。二十八岁那年，梁佩兰以乡试第一的成绩赴京会试，却遗憾落第。此后，他又六次赴京，皆未被录取。于是，他自号"漫溪叟"，在家乡参加诗社，潜心书画，风雅度日。相传每有所作，均被人们争相抄传，名公巨卿、达官贵人，都以获得他的题咏为荣。后来，他在京城与纳兰结识，又成了渌水亭的常客。

纳兰在这首词中说梁佩兰的前生是梁鸿，有学者认为不是很合适，大约是因为梁佩兰一直执着于入仕之路，而梁鸿经书、诸子、诗赋无所不通，却视利禄为猛虎，终身不愿出仕。或许，在梁佩兰的身上，纳兰感受到了他喜欢的、愿意去亲近的隐逸气质，在其诗词里，又看到了一个岭南名士的风流，而这些，都足以成为他私人愿望的投射。

琵琶洲头洲水清，琵琶洲尾洲水平。

一声欸乃一声桨，共唱渔歌对月明。

——梁佩兰《粤曲》

而且有意思的是，康熙二十七年（公元1688年），也就是纳兰去世两年后，梁佩兰第七次赴京参加科举考试，终于金榜题名，考取了进士。那个时候，他已经将近六十岁了。他进了翰林院工作，但一年后便辞官归里，回到了他的紫竹村边，琵琶洲头，从此渔歌欸乃，明月扁舟，"结社南湖，诗酒自酬"。彼时，余生再无遗憾。

康熙二十四年（公元1685年）的春天，渌水亭边，合欢树下，纳兰写信给四年未见的梁佩兰，邀请对方到北京来，与他共同编撰一部词选：

仆少知操觚，即爱《花间》致语，以其言情入微，且音调铿锵、自然协律。唐诗非不整齐工丽，然置之红牙银拨间，未免病其版牍矣。

从来苦无善选，惟《花间》与《中兴绝妙词》差能蕴藉。自《草堂词统》诸选出，为世脍炙，便陈陈相因，不意铜仙金掌中竟有尘羹涂饭，而俗人动以当行本色诩之，能不齿冷哉。

近得朱锡鬯《词综》一选，可称善本。闻锡鬯所收词集凡百六十余种，网罗之博、鉴别之精，真不易及。然愚意以为，吾人选书不必务博，专取精诣杰出之彦，尽其所长，使其精神风致涌现于楮墨之间。每选一家，虽多取至十至百无厌，其余诸家不妨竟以黄茅白苇概从芟薙。青琐绿疏间粉黛三千，然得飞燕玉环，其余颜色如土矣。

天下惟物之尤者，断不可放过耳。江瑶柱入口，而复咀嚼鲍鱼、马肝有何味哉。仆意欲有选如北宋之周清真、苏子瞻、晏叔原、张子野、柳耆卿、秦少游、贺方回，南宋之姜尧章、辛幼安、史邦卿、高宾王、程钜夫、陆务观、吴君特、王沂孙、张叔夏诸人多取其词，汇为一集，余则取其词之至妙者附之，不必人人有见也。

不知足下乐与我同事否？有暇及此否？处雀喧鸠闹之场而肯

为此冷淡生活，亦韵事也。望之，望之。

纳兰在信中说：

我从练习写作开始，就很喜欢《花间集》里面那些情致深远的词作，包括它们的音调与韵律。唐诗好则好矣，但与词比起来，总觉得太过硬板。

苦恼的是，一直没有一部完美的词选。《花间集》《中兴绝妙词》两部也只能算差强人意。《草堂词统》出来后，虽脍炙人口，但选词不精，高雅之作与粗鄙之作混为一谈，以至于俗人竟以为这便是词的本色，岂不可笑？

近得朱彝尊《词综》一部，可称得上善本，共收录一百六十多种词集，实属不易。不过我认为，编选词集不必以广博为标准，应该专门选取佳作，尽其所长，让那种精神风致流传下去。入选的词人，只要他的词足够好，尽可编选十篇百篇，反之，如果只是庸俗的作品，就让它们随着时间慢慢消散吧。

天下至美的事物，断然不可放过。就像品尝过最美的海鲜，再去吃鲍鱼、马肝，又有什么味道呢？我决定选入北宋的周邦彦、苏轼、晏几道、张先、柳永、秦观、贺铸，南宋的姜夔、辛弃疾、史达祖、高观国、程钜夫、陆游、吴文英、王沂孙、张炎这些词人的大多数作品，其他词人则只选择佳作，如此汇编成一部词选，不必每个人都选录。

不知道你愿意与我一起来做这件事吗？有没有时间过来呢？身

处这个浮躁的世界，若能静下心来编选一部古人的佳作，其实也不失为一件韵事。盼望你来。

梁佩兰果然来了。从岭南的沉香浦，到京城的纳兰府，千里舟车，只为不负故人期许。他来的时候，正值初夏，渌水亭边的合欢已是满树繁花，香气沉沉。是年五月二十二日，纳兰在花间草堂设宴，为梁佩兰接风洗尘，来参加宴会的还有顾贞观、朱彝尊、姜宸英，以及诗人吴雯等好友。当时，浮灯灿烂，荷花初绽，月光倾泻在庭院里，合欢花开如扇，美得动人心魄，赤子情义是世间流动的黄金。而文字，则是永不会沦为尘埃的星辰。

> 阶前双夜合，枝叶敷花荣。
> 疏密共晴雨，卷舒因晦明。
> 影随筠箔乱，香杂水沉生。
> 对此能销忿，旋移近小楹。
>
> ——《夜合花》

夜合花，因明开夜合，故名。三百多年后，沧海桑田，昔日的纳兰明珠府已是如今的宋庆龄故居，但漫步庭内，却没有一株花树，真正是公子题咏过的夜合花。一切都不过是后人的臆想罢了。有几株三四米高的临水花树边倒是有一块解说的碑石，上书："明开夜合花，本名卫矛。初夏开小白花，昼开夜闭，故名明开夜合花。康熙年间，此园是明珠府第，已有此树。明珠之子纳兰性德曾作诗赞曰：阶前双夜合，枝叶敷花荣。疏密共晴雨，卷舒因晦明……"殊不知，那几株花树，离三百年的树龄还差得太远。

明开夜合者，也并非卫矛，而是合欢。譬如纳兰诗中的"对此能销忿"一句，便是引用嵇康《养生论》中"合欢蠲忿，萱草忘忧"的典故。且有注解云："合欢，树似梧桐，枝叶繁互相交结，每风来，辄身相解，了不相牵缀。树之阶庭，使人不忿，嵇康种之舍前。"萱草忘忧，合欢，则是用来消愁的。或许那个夜晚，公子真的暂时放下了怅憾。是的，三百多年前的那个美丽夏夜，纳兰与席间众友便是以《夜合花》为题，各自倾杯，赋诗唱和，一解千愁。

可惜没有人知道，那时的纳兰公子已经身染寒疾，他在宴会上所赋的这首小诗，竟成了人生中的绝笔。因为宴会的第二天，纳兰就病倒了，最后连病七日，不汗而亡，年仅三十一岁。

吴雯为他写下挽诗："片语端能订久要，合欢花下和吹箫。"时为康熙二十四年（公元1685年）五月三十日。合欢花开，纳兰谢世。那个清朝第一才子，千古伤心人，翩翩佳公子，写尽一世情深后，终于带着一身情伤永远离去了，永远成了这个浊世只配怀念的人。而梁佩兰，才赴京又要黯然离去。朱彝尊写诗相送："合欢花开暑雨微，故人留君解骖騑。"梁佩兰离京的那天，下了一场雨，渌水亭边的合欢依然开得轻盈如梦，只是南浦挥别，唯独少了纳兰的赠诗。梁佩兰想起四年前，公子去送他，念念情深，历历在目，不禁长叹一声。千里烟波，暮霭沉沉，人已散，曲未终。梁佩兰还会再来京城。

纳兰公子的诗词与传奇，也会世代流传，精神风致，永远涌现在楮墨之间。至于那个与君共编词集的约定，便真的只能期许来生了。

卷四：天涯旅人

相比『虚负凌云万丈才，一生襟抱未曾开』的仕途、无法自主的命运、无药可治的寒疾，其实与至爱之人的死别，才是他生命中最大的劫难。

清平乐（泠泠彻夜，谁是知音者）

弹琴峡[①]题壁

泠泠[②]彻夜，

谁是知音者。

如梦前朝何处也，

一曲边愁难写。

极天关塞云中，

人随雁落西风。

唤取红襟翠袖，

莫教泪洒英雄[③]。

【笺注】

①弹琴峡：《大清一统志·顺天府》记载："弹琴峡，在昌平
州西北居庸关内，水流石罅，声若弹琴。"

②泠泠：指清脆的水流声或琴声。见陆机《招隐诗》："山溜
何泠泠，飞泉漱鸣玉。"

③唤取红襟翠袖，莫教泪洒英雄：化自辛弃疾《水龙吟·登
建康赏心亭》词句："倩何人唤取，红巾翠袖，揾英雄泪。"红巾
翠袖，歌女。纳兰另有《清平乐·发汉儿村题壁》："不如意事年

年，消磨绝塞风烟。输与五陵公子，此时梦绕花前。"亦与其词意相通。

【译文】

流水彻夜泠泠，一如清越动听的琴声，但谁是你的知音呢？前朝的狼烟已无迹可寻，真像一场大梦。只留下无尽的愁怨，在此边关，不知从何述说。

关塞险要，峭壁之上便是云天。凄凉的西风中，征人随着雁落的方向前行。此情此景，也不知要到哪里找寻温柔的歌女，为远行的英雄拭泪送行。

【赏析】

明代画家王绂曾绘有一卷《北京八景图》——其中《居庸叠翠》有题记："两山峡峙，一傍流水，骑通连驷，车行兼辆，先入南口，过关入北口，关中有峡曰'弹琴'，旁道有石曰'仙枕'，两崖峻绝，层峦叠翠。"昔日壮丽景色，雄奇气象，跃然纸上。

居庸关，天下九塞之一，元代诗人陈孚过关时留下诗句："断崖万仞如削铁，鸟飞不度苔石裂。"那万仞断崖下，便有一条狭长的溪谷，俗称"关沟"，沟内草木葳蕤，碧波潋滟，且有客栈供出入关口的行人过夜休憩。只是，有人葡萄美酒夜光杯，有人春风得意马蹄疾，也有人满心块垒，彻夜无眠，含泪题写边愁。

　　巂周声里严关峤，匹马登登。乱踏黄尘，听报邮签第几程。

　　行人莫话前朝事，风雨诸陵。寂寞鱼灯，天寿山头冷月横。

——《采桑子·居庸关》

　　峰高独石当头起，影落双溪水。马嘶人语各西东。行到断崖无路小桥通。

　　朔鸿过尽归期杳，人向征鞍老。又将丝泪湿斜阳。回首十三陵树暮云黄。

——《虞美人·昌平道中》

　　《禽经》云："巂周，子规也，啼必北向。"子规，又称"杜鹃""杜宇"，相传是蜀帝杜宇的魂魄所化，常在夜间出没，啼音哀切，声声催归，直令远行之人不忍卒听。天寿山，即明十三陵所在——巍巍山麓下，埋葬着十三位明朝皇帝。

　　当时，居庸关正是黄沙绝壁，朔鸿过尽，草木摇落的季节，纳兰立马远眺，思绪起伏，内心泛起断肠人远在天涯的孤独。他的脚下是自古以来兵家必争之地，是见证朝代风云交替的地方，远处是天寿山，冷月曾照十三陵，明代的传奇与叹息都已落入了历史的暮云深处，但他明白，征人们的苦楚与乡愁，却是代代相通的东西，依稀还在眼前的斜阳陌上，子规声里。于是，那一天，纳兰夜宿关沟，听着弹琴峡的流水之声，又一笔一画在壁上写下："泠泠彻夜，谁是知音者……"

元朝诗人陈孚曾给弹琴峡写诗："月作金徽风作弦，清声岂待指中弹？伯牙别有高山调，写在松风乱石间。"山泉泠泠，一如古远的琴音，清越、哀愁、寂寞……似乎可以为人诉尽冷月无声的心事，以及那一把渗透岁月的"高山流水"的况味。《列子·汤问》中记载，伯牙善鼓琴，钟子期善听。伯牙鼓琴，心向高山，钟子期说："你的琴声里，有巍峨的泰山。"伯牙心在流水，钟子期说："真是美妙啊，你的琴声就像浩荡的江河。"但凡伯牙所念，钟子期必得之。

很小的时候，纳兰就开始学习骑射围猎，熟读诸子百家，人说《列子·汤问》笔锋横扫天下，天地至理，万物奥妙，皆在其中，但他最喜欢的还是那篇伯牙与钟子期的相遇。人说好男儿自当马上定乾坤，他却还希望，可以与知音一起，当花侧帽，风流赏心。然而放眼古今，"知音"显然是每个时代的稀缺品，就像琴瑟和鸣的爱情一样，可遇，不可求。就像在康熙十五年（公元1676年），纳兰二十二岁的时候，他才遇到了一个顾贞观。是年秋天，纳兰经常奔波于羁旅之中，"九月驻跸密云，十月康熙幸昌平，过明十三陵"，参横月落，山云漠漠，只觉身不由己，虚度华年，笔下的词作，也都染透了苍凉。不禁让人想起凯鲁亚克的《在路上》："我在黄昏的血色中踽踽独行，感到自己不过是这个忧郁的黄昏大地上一粒微不足道的尘埃。"纳兰每次都是扈驾出行，车辚辚，马萧萧，旌旗遮天蔽日，但即便是身处最强盛的王朝，在最雄壮的队伍中，在精神上，他也是孤独的、疏离的、疲惫的，甚至是无助的。

　　读这样的词，与其去探究诗词如何之美，不如去了解一个"悲观主义者"为何在旅途中一遍一遍地抒写自己的深情与孤独。如果有一个长镜头，可以追随康熙十五年（公元1676年）秋天的纳兰公子，有一双手，可以像西风吹黄沙一样地拂去他那无处可藏的愁绪，那么里面裸露着的，定是一颗深情而又孤独的心。

　　所有不为自己而活的时间，都是命运的泥沙。泥沙俱下，他便只能躲进内心的蚌壳，以深情和孤独孕育出文字的珍珠，却也注定了他无法过轻盈的人生。《无量寿经》里有一句话这般诠释孤独："人在爱欲之中，独生独死，独去独来。苦乐自当，无有代者。"

　　所谓知音，不是他稀释了你的孤独，而是他懂得了你的孤独。在征途中，纳兰给远方的友人写信，信封里夹着墨迹未干的新词，千里暮云，长河东下，一字一句都在说想念：

　　烟轻雨小，望里青难了。一缕断虹垂树杪，又是乱山残照。

　　凭高目断征途，暮云千里平芜。日夜河流东下，锦书应托双鱼。

　　　　　　　　　　　　　　　　　　　　——《清平乐》

　　才听夜雨，便觉秋如许。绕砌蛩螀人不语，有梦转愁无据。

　　乱山千叠横江，忆君游倦何方。知否小窗红烛。照人此夜凄凉。

　　　　　　　　　　　　　　　　　　——《清平乐·忆梁汾》

康熙十五年（公元1676年）秋天，顾贞观又回了一趟江南，一直到秋叶落尽、白雪纷飞的严冬，才北上京城与纳兰相商如何营救吴兆骞一事。

秋来看尽星河也，只是孤眠。多谢婵娟。再放山楼一夕圆。

床头涧响浑疑雨，滴破苍烟。小字香笺。伴过泠泠彻夜泉。

——顾贞观《采桑子》

逗留江南时，顾贞观写下的这一首《采桑子》，便是对纳兰《清平乐·弹琴峡题壁》的一个应答。"但愿人长久，千里共婵娟"，很多年前的秋夜，苏东坡写下的怀念弟弟的名句，彼时也成了顾贞观的心声。幸而，南北相隔，但他们还是在同一片月光和星空下。两地孤眠的人，还可以双鱼传书，情托香笺。他问："泠泠彻夜，谁是知音者？"他答："小字香笺。伴过泠泠彻夜泉。"如此，浮生世事，白云苍狗，纵四海仅此一知音，人生也足够。

采桑子（非关癖爱轻模样）

塞上咏雪花

非关癖爱轻模样①，

冷处偏佳。

别有根芽。

不是人间富贵花②。

谢娘③别后谁能惜，

飘泊天涯。

寒月悲笳④。

万里西风瀚海⑤沙。

【笺注】

①轻模样：雪花轻盈飘飞的样子。语出孙道绚《清平乐·雪》："悠悠飏飏，做尽轻模样。"

②富贵花：牡丹、海棠之类出身名门的花朵。见周敦颐《爱莲说》："牡丹，花之富贵者也。" 陆游曾写海棠："何妨海内功名士，共赏人间富贵花。"

③谢娘：谢道韫，东晋谢安的侄女，有咏絮（雪）之才。《世说新语》中记载，一日大雪，谢安兴起问子侄辈，飞雪何物可比

之？有人答："撒盐空中差可拟。"谢安摇头不语。谢道韫对曰："未若柳絮因风起。"谢安激赏。谢道韫遂闻名天下。

④悲笳：悲壮的号角声。笳，古代军中号角。

⑤瀚海：沙漠。明代周祈《名义考》称：瀚海，飞沙若浪，人马相失若沉，视犹海然，非真有水之海也。此处代指塞外。

【译文】

并不是我偏爱雪花轻灵的模样，而是因为在天气越冷的地方，它就盛开得越美丽。它来自天宫，到底不是俗世之花，生在富贵之家，被人赏玩、珍视。

没有人会去怜惜一朵雪花。才女谢道韫之后，雪花便再无知己，只能孤身漂泊，在寒冷的月光里，听着悲切的号角声，相伴塞外的万里风沙。

【赏析】

这首词的副标题是"咏塞上雪花"，那么对照词意，再翻阅纳兰年表，相应的背景便只有康熙二十一年（公元1682年）的两次塞外之行。第一次是早春二月扈驾东巡祭祖，"经广宁，逢大雪，旷野如万顷平沙……"第二次则是秋冬随副都统郎坦、公彭春等人"觇梭龙"，即秘密侦察东北雅克萨一带罗刹（俄罗斯）势力的入侵情况。

这首词具体是写于哪一次行程中，已不得而知。只知道当时未及而立，身为一等侍卫的纳兰，整个笔端都浸透了倦意、沧桑与孤悲。如他在诗中所写："予生未三十，忧愁居其半。心事如落花，春风吹已散。"这年秋天，纳兰写于塞外的另外两首词，更是情怀苍苍，愁心不绝：

试望阴山，黯然销魂，无言徘徊。见青峰几簇，去天才尺；黄沙一片，匝地无埃。碎叶城荒，拂云堆远，雕外寒烟惨不开。踟蹰久，忽砯崖转石，万壑惊雷。

穷边自足秋怀。又何必、平生多恨哉。只凄凉绝塞，峨眉遗冢；梢沉腐草，骏骨空台。北转河流，南横斗柄，略点微霜鬓早衰。君不信，向西风回首，百事堪哀。

——《沁园春》

尽日惊风吹木叶。极目嵯峨，一丈天山雪。去去丁零愁不绝。那堪客里还伤别。

若道客愁容易辍。除是朱颜，不共春销歇。一纸乡书和泪折。红闺此夜团圆月。

——《蝶恋花》

西风回首，百事堪哀。一纸乡书，和泪投递。再看他的《采桑子·咏塞上雪花》，便知他是叹伶仃命运。雪花的清洁与孤高，正是他的自身写照。谢娘之后无人惜，彼时，卢氏之后，他便再无灵魂伴侣，赏心爱人。"别有根芽，不是人间富贵花"，他却深陷浊世，无力挣脱富贵的枷锁。

如果说世间的欢喜可以分为两种：一种是获得，获得渴望拥有的。一种是逃离，逃离强加于身的。那么还真的都与纳兰公子无缘。所以，肉身疲惫，在痛苦的泥淖中，他只能越陷越深。心事沉沉，一把哀思凝结在笔端，自然提笔就老。

长相思（山一程）

山一程。

水一程。

身向榆关①那畔行。

夜深千帐灯。

风一更。

雪一更。

聒碎乡心②梦不成。

故园③无此声。

①榆关：山海关，古称榆关。

②聒碎乡心：指风雪声太吵闹，扰乱了思乡心绪。柳永《爪茉莉》："残蝉噪晚，甚聒得、人心欲碎。"

③故园：故乡，家园。此指京城。

【译文】

走过一段山路，又走过一段水路，一直向着遥远的山海关前进。天色渐晚，军队扎下营寨，深夜时，便有万千营帐和闪烁的万千灯火。

寒风的怒吼声，大雪的降落声，隔着一层薄薄的营帐，不断交替，扰人思乡之梦。而我的家乡，从不会有这样的声音。

【赏析】

康熙二十一年（公元1682年）二月十五日，纳兰扈驾康熙皇帝东巡祭祖，二十三日出山海关，这首词便是写于此行之中。关于这次行程，以及这首《长相思》，在当时负责编写康熙皇帝起居注的高士奇笔下也能找到对应的痕迹：

二月丙申（十八日），驻跸丰润县城西。是夜云黑无月，周庐幕火，望若繁星也。

二月丁未（二十九日），东风作寒，急雨催幕，夜更变雪。驻跸广宁县羊肠河东。

——《东巡日录》

是时，江南已是草长莺飞，京师也是鹅黄淡绿，但关外依然天寒地冻，冰锁长河。山水迢迢，雄关阻塞，离家越远，将士们的思乡之情也愈发浓烈。到了夜间，万千营帐点起灯火，犹如天上的星影坠落人间，流淌成波光涌动的河流。夜色茫茫，风雪声沉重、厚实、严密，又像是巨兽的嘶吼，带着刺骨的寒意，从耳膜灌入梦境。梦醒时，古老的城楼上传来更鼓之声，恍然间，只觉身如沙洲，内心一片孤寒。

万帐穹庐人醉。星影摇摇欲坠。归梦隔狼河，又被河声搅碎。还睡。还睡。解道醒来无味。

——《如梦令》

纳兰的这首《如梦令》与《长相思》是写于同一行程中的作品。荒寒之景，孤寒之心。而王国维却在纳兰的孤寒与醉梦中看到了壮丽的境界和盛唐气象。王国维认为谈论词的时候，谈气质不如谈神韵，谈神韵不如谈境界，但凡有境界的词，自然会具备气质和神韵。在《人间词话》中，王国维写道：

"明月照积雪""大江流日夜""中天悬明月""长河落日圆"，此中境界，可谓千古壮观。求之于词，唯纳兰容若塞上之作，如《长相思》之"夜深千帐灯"，《如梦令》之"万帐穹庐人醉。星影摇摇欲坠"差近之。

只是，除了独立穹庐之下，看星河倒流人间的盛大、美丽和孤寂，在纳兰的这两首词中，我们似乎也看到了他情感与血统之间的某种隔膜。

他隶属满洲正黄旗，关外是他父辈福荫的起源之地，然而在他心里，京师才是他的故园。不过如果将时间线往前推移，我们就会发现，纳兰一族真正的祖先，乃是蒙古人，姓氏为土默特。土默特氏消灭女真纳喇部后，占领其地，改姓纳喇，其后又迁徙到叶赫河流域，开始被人称作叶赫纳喇氏，也另有汉译"叶赫那拉""纳兰"。公元1619年，建立后金政权不久的努尔哈赤领军杀死叶赫首领金台石和布扬古，一举消灭叶赫部。归降者则全部编入满洲各旗，其中就包括金台石的儿子尼雅哈。而纳兰，正是尼雅哈的孙子。但同时，纳兰的母亲又是努尔哈赤的孙女。纳兰氏与满人之间，既是姻亲，又有血仇。不得不说，这剪不断理还乱的关系，也是很耐人寻味的。

南乡子（何处淬吴钩）

何处淬吴钩^①？

一片城荒枕碧流^②。

曾是当年龙战地^③，飕飕。

塞草霜风满地秋。

霸业等闲休。

跃马横戈总白头。

莫把韶华轻换了，封侯。

多少英雄只废丘^④。

【笺注】

①吴钩：钩，似剑而曲的冷兵器典范。因春秋吴地所铸之钩最为著名，故称吴钩。此指精良的刀剑。

②碧流：绿水，河流。此指松花江。

③龙战地：古战场。龙战出自《易经》"龙战于野，其血玄黄"，城外为郊，郊外为野，玄黄为天地之色。天地为宇宙间最大的阴阳，其血玄黄即指阴阳交战流血，是为凶兆。龙战，便是指阴阳二气的交战，后用来代指群雄逐鹿。

④废丘：古县名。楚汉时，项羽封秦朝降将章邯为王，建都废

丘，后刘邦与项羽相争，水灌废丘，使章邯自杀。

【译文】

要到哪里去铸造精良的刀剑呢？荒废的城池，枕着瑟瑟寒江。想当年，这里也曾是群雄逐鹿的地方，如今却只有荒烟蔓草，风霜秋色，依旧古老而苍凉。

这世间没有永恒的霸业。昔日立马横刀的少年，转眼就是满头白发。时间太匆匆，切莫用大好的年华去换取浮世的功名。有多少英雄可以免成冢中枯骨呢？

【赏析】

这首词是康熙二十一年（公元1682年）秋，纳兰奉旨出使梭龙，侦查边疆，行至松花江畔时的怀古之作。荒城碧流，金戈铁马，那里曾是古战场，是清兵入关前各个部族的必争之地，不知埋葬过多少的男儿。

"男儿何不带吴钩，收取关山五十州。请君暂上凌烟阁，若个书生万户侯。"遥想少年时，李贺的诗句，也曾让纳兰热血如沸，壮志凌云。但伴君多年之后，他却只想避世而居，远离朝堂纷争。

他知道那个关于吴钩的传说——春秋时期，吴王阖闾命人制钩，赏之百金。后来便有人为求赏金杀掉了自己的两个儿子，以其血涂于钩上，铸成了世间最锋利也最嗜血的兵器。那个传说一度让他对人性之恶唏嘘不已。然而这世间，又有哪一柄争战的利刃，不是为饮血而生呢——这是兵器的宿命，生，即为其战，不血不锋。

就像每个人都有自己的宿命一样。对于纳兰来说，宿命就是无论他走到哪里，都会把他拽回来的东西。

今古河山无定据。画角声中，牧马频来去。满目荒凉谁可语？西风吹老丹枫树。

从来幽怨应无数。铁马金戈，青冢黄昏路。一往情深深几许？深山夕照深秋雨。

——《蝶恋花·出塞》

欲寄愁心朔雁边，西风浊酒惨离颜。黄花时节碧云天。

古戍烽烟迷斥堠，夕阳村落解鞍鞯。不知征战几人还。

——《浣溪沙》

已惯天涯莫浪愁，寒云衰草渐成秋。漫因睡起又登楼。

伴我萧萧惟代马，笑人寂寂有牵牛。劳人只合一生休。

——《浣溪沙》

所以，那些年，功名利禄，成败之争，他似已看了个通透。岁月匆匆，河山无定，岂可以韶华轻换浮名？

时间倒回至几百年前，苏轼也曾在赤壁怀古，遥想江山如画，一时多少豪杰，诗情惊涛拍岸，卷起千堆雪。同一枚月亮下，曹操也曾在那里横槊赋诗，企望天下归心；隔江的周瑜，也曾羽扇纶巾，运筹千里之外，继而用一把火，三分天下。

"江月年年望相似，不知江月待何人。"站在赤壁的月亮下，苏轼便只能叹息，壮志未酬身先老，人生如梦，一樽还酹江月。但苏轼终究是苏轼。他疏旷、豁达，是个无可救药的乐天派，那个时候，宿命将他推向了深渊，他却可以选择与宿命握手言和，将深渊变成幽谷，躺在石头上看月亮。

纳兰也终究是纳兰。他孤傲、痴狂、忧郁、敏感、多情，被宿命所困，却从未想过要与宿命和解。而文字，就是他的武器，也是他在精神的世界里剥离宿命与幽恨，趋向自由的方式。

> 身向云山那畔行，北风吹断马嘶声。深秋远塞若为情。
> 一抹晚烟荒戍垒，半竿斜日旧关城。古今幽恨几时平。
>
> ——《浣溪沙》

再看纳兰这首《南乡子》，虽是小令，情境却也丝毫不逊色于一首长调。如果说苏轼的气骨，是一杆风流长戟，那么纳兰的意韵，便是一柄霜风短刃。两首词并读之后，又一如冰河洗剑，豪情孤意，溢满胸腔。人生一场大梦，世事几度秋凉。英雄会白头，诗人会老去，唯有光阴浩荡，文字流转，深情绵绵无绝。而浮名终将如尘如土，如风如霜，悄然划过两鬓时，甚至，闻不见飕飕。

虞美人（黄昏又听城头角）

黄昏又听城头角^①。

病起心情恶。

药炉初沸短檠青^②。

无那残香半缕恼多情。

多情自古原多病。

清镜怜清影^③。

一声弹指^④泪如丝。

央及东风休遣玉人知。

【笺注】

①城头角：城头的号角声，也是羁旅诗词中常见的意象。

②短檠青：灯烛发出的青色光晕。檠，灯架。此处代指灯烛。
古代一般富贵人家用长檠，寒素人家用短檠。词中纳兰身在塞外，
故一切从简。韩愈有《短灯檠歌》："长檠八尺空自长，短檠二尺
便且光。"

③清影：憔悴的面容，清瘦的身影。

④弹指：顾贞观所著的《弹指词》。

【译文】

黄昏时分，又听到了城头的号角声，病中勉强起身，只觉满心孤苦。火炉上的草药刚刚煮沸，灯烛发出青色的光晕，即将燃尽的篆香，半缕烟雾浮在空中，一切都让人无限伤感。

自古以来，多情的人总是会与病痛纠缠不清，就像镜子里的我，满面病容，憔悴又消瘦。夜读《弹指词》，才读一句，就忍不住黯然落泪。若东风有知，还希望不要把我的心事说给那个人听。

【赏析】

有人说纳兰这首《虞美人》"思致深细而出语浅近，是直发胸臆的佳作，情真境婉，很有稼轩词的风调"，个中滋味，真是欲说还休，却道天凉好个秋。读纳兰这样的词，似乎还能闻到光阴深处氤氲的苦涩药香。黄昏沉沉，眼睛里雾气弥漫，有一种绵长的苦痛，透过纸背，渗入心房，无处可诉。按照佛家的说法，人生有七苦：生、老、病、死、怨憎会、爱别离、求不得。纳兰几乎已经尝尽。

生苦，托于母胎，不得自在，间夹如狱。

老苦，从少至壮，从壮至衰，渐至朽坏。

爱别离苦，亲爱之人，乖违离散，不得共处。

怨憎会苦，怨憎之事，本求远离，反而集聚。

求不得苦，世间一切，心之所向，求之不得。

其中的病苦，又分为身病与心病，最苦者，莫过于两病齐发。

纳兰这首《虞美人》，便是作于病发之时——康熙二十一年（公元1682年）秋天的某个黄昏，在觇梭龙途中，他寒疾复发，满身憔悴，城头号角声声入耳，内心的河流，一点一点结成寒冰。

纳兰出生于顺治十一年腊月十二（公元1655年1月19日），正是一年中最寒冷的时候。相传他从小体寒多病，然而并无确切的文字可考，第一次出现记录生病的文字，则是在康熙十二年（公元1673年）。

> 晓榻茶烟揽鬓丝，万春园里误春期。
> 谁知江上题名日，虚拟兰成射策时。
> 紫陌无游非隔面，玉阶有梦镇愁眉。
> 漳滨强对新红杏，一夜东风感旧知。
>
> ——《幸举礼闱以病未与廷试》

当时，十九岁的纳兰已顺利通过会试，但就在殿试开始之前，他因一场突如其来的寒疾而卧床不起，只能眼睁睁地与机遇擦肩。是年三月二十三日，殿试发榜的日子，窗外已是姹紫嫣红开遍，有人中了新科进士，欢歌笑语，锣鼓喧天，他却缠绵病榻，寂寂地守着药炉，满腔怅憾心事，都付与了断井颓垣。

长飘泊，多愁多病心情恶。心情恶。模糊一片，强分哀乐。

拟将欢笑排离索。镜中无奈颜非昨。颜非昨。才华尚浅，因何福薄。

——《忆秦娥》

而且，在此后的十余年时间里，寒疾也始终未曾离他而去。康熙十五年（公元1676年）三月，纳兰参加了殿试，中第二甲第七名，随后被皇帝留在身边，任乾清门三等侍卫，同时开启了他漫长而愁苦的扈从生涯。尤其是卢氏去世之后，他为情所伤，又身患顽疾，每次出行在外，都要携带药炉，便越发觉得孤苦无依。

凉月转雕阑。萧萧木叶声乾。银灯飘落琐窗闲。枕屏几叠秋山。

朔风吹透青缣被。药炉火暖初沸。清漏沉沉无寐。为伊判得憔悴。

——《河渎神》

这世间的情感，本是如鱼饮水，冷暖自知。旁人看不见鱼的眼泪，是因为鱼在水中。如果相思是一种病，那么煮字为药，可否解忧？

丝雨如尘云着水，嫣香碎拾吴宫。百花冷暖避东风，酷怜娇易散，燕子学偎红。

　　人说病宜随月减，恹恹却与春同。可能留蝶抱花丛，不成双梦影，翻笑杏梁空。

——《临江仙》

　　通过这首词，我们可以看到，纳兰的寒疾并未随着时间的推移而减轻症状。按照中医的说法，身患寒疾，乃阴寒之邪偏盛，阳气受损，经脉气血失于温煦推动而阻滞不通。气血阻滞不通，不通则痛，故寒邪伤人又多见疼痛症状，或头身疼痛，或肢体不利，或冷厥不仁……于是，每年春天都成了纳兰最难熬的季节。

　　独客单衾谁念我，晓来凉雨飕飕。缄书欲寄又还休，个侬憔悴，禁得更添愁。

　　曾记年年三月病，而今病向深秋。庐龙风景白人头，药炉烟里，支枕听河流。

——《临江仙·永平道中》

　　永平，即永平府，在今山海关一带，纳兰扈驾关外，永平为必经之地。庐龙，清代隶属永平府，在今山海关西南一带，有滦河穿城而过。

　　从这首词的词意也可以看出，就在康熙二十一年（公元1682年）的秋天，纳兰的寒疾又加重了。之前是每年三月病发，而今竟延续到了深秋。年年月月，寒疾已将他折磨得憔悴不堪，愁绪丛生。纳兰曾在词中问自己，若不是忧能伤人，怎青镜朱颜易老？其实老去的，是心境。以至于曾经的志向都被愁病消磨殆尽。以至于他从一个意气风发的少年，变成了一个借酒浇愁、心如枯树的词人和病人。

柳永有一首《安公子》，写羁旅途中的愁病交加："当此好天好景，自觉多愁多病，行役心情厌。"纳兰化用其句意，写道：多情自古原多病。纳兰是了解自己的。解构纳兰心事，也不过是一半多情，一半多病。生病是特别不体面的一件事。而身在塞外，更要无数次孤独地面对内心崩溃的时刻。要独自收拾残局，心理上的，生理上的。所以他又写：央及东风休遣玉人知。那个玉人是谁？应该是顾贞观吧，那个高逸脱俗，风神俊朗，能在苦寒之地，用文字带给他暖意的人。如《晋书》里写卫玠，年五岁，风神秀异……总角（少年时）乘羊车入市，见者皆以为玉人，观之者倾都。《世说新语》里写裴楷，粗服乱头皆好，时人以为玉人。又如杜牧诗句"二十四桥明月夜，玉人何处教吹箫"里的那个友人。

凭君料理花间课。莫负当初我。眼看鸡犬上天梯。黄九自招秦七共泥犁。

瘦狂那似痴肥好。判任痴肥笑。笑他多病与长贫。不及诸公衮衮向风尘。

——《虞美人》

在这首写给顾贞观的词中，纳兰拜托顾贞观为自己整理词集，并叮嘱对方不要辜负彼此的承诺。他自嘲"多病"，只愿与对方"长贫"相伴，不屑与红尘中醉心名利的人为伍。

> 绝域当长宵，欲言冰在齿。
> 生不赴边庭，苦寒宁识此。
> 草白霜气空，沙黄月色死。
> 哀鸿失其群，冻翮飞不起。
> 谁持花间集，一灯毡帐里。
>
> ——《梭龙与经岩叔夜话》

而在苦寒的塞外，他在毡帐里挑灯夜读，读的也是《弹指词》或《花间集》。黄沙漫天，冰封长夜，他依然忍不住为那些情深刻骨、暖玉生香的句子心醉或心碎。于是文字又成了一片小小的阿司匹林，或是一个可供随身携带的小型避世之所，其中草长莺飞，月华如练，就连枯萎的人心也渐渐有了温度，有了光泽。

在另外的词作中，纳兰还写道：

> 锦样年华水样流。鲛珠迸落更难收。病余常是怯梳头。
> 一径绿云修竹怨，半窗红日落花愁。惜惜只是下帘钩。
>
> ——《浣溪沙》

斜倚熏笼，隔帘寒彻，彻夜寒如水。离魂何处，一片月明千里。两地凄凉多少恨，分付药炉烟细。近来情绪，非关病酒，如何拥鼻长如醉。转寻思、不如睡也，看道夜深怎睡。

几年消息浮沉，把朱颜、顿成憔悴。纸窗风裂，寒到个人衾被。篆字香消灯焰冷，忽听塞鸿嘹唳。加餐千万，寄声珍重，而今始会当日意。早催人、一更更漏，残雪月华满地。

——《忆桃源慢》

康熙二十三年（公元1684年）秋天扈驾南巡时，纳兰又生病了。在无锡，他又写下了《病中过锡山》："棹女红装映茜衣，吴歌清切傍斜晖。林花刺眼篷窗入，药里关心蜡屐违。"那场病一直到康熙二十四年（公元1685年）的春天都没有康复的迹象。是年四月，严绳孙辞官南归，纳兰赋诗作别："可怜暮春候，病中别故人。"五月，为迎接梁佩兰来京，他与友人们彻夜饮酒，导致病情加剧，七日后便与世长辞。

顾贞观说纳兰："人因慧极难兼福，天与情多却费才。"所以情深不寿。但有时候却不得不承认，痛苦就是最好的磨刀石。痛苦可以催生才华。一个词人若过得太顺利，反而对作品不利。就像杜甫说的，文章憎命达。不管是辛弃疾，还是纳兰，他们一生中最好的作品，都是在痛苦中泡出来的。而寒疾，也直接影响了纳兰的精神底色，让他多了一种忧郁气质。这种底色和气质，又直接影响了他的作品风格。作品，即人生。风格，即内心。在漫长又恢宏的岁月中，一个人的生命实在是太脆弱了。

他也曾有少年热血，报国激情，但无奈，命运却是一座冰山。幸而有文字，那些生命之树上结出的果实，它们内核的纹理，会告诉我们，一个人内心的河流，曾暗藏过多少礁石与涟漪，那些远方的牵绊与想念，又是如何成为寒荒中供人仰望的云朵与星光。

临江仙（六曲阑干三夜雨）

塞上得家报云秋海棠开矣，赋此

六曲阑干三夜雨，

倩谁护取娇慵①。

可怜寂寞粉墙东。

已分裙衩绿②，犹裹泪绡红③。

曾记鬓边斜落下，

半床凉月惺忪④。

旧欢⑤如在梦魂中。

自然肠欲断，何必更秋风。

【笺注】

①倩谁护取娇慵：倩，通"请"。娇慵：娇美、慵懒。意思是请谁来保护娇柔的秋海棠。

②裙衩绿：裙衩，代指女子。此处将秋海棠的绿叶比作女子的裙裾。

③泪绡红：将秋海棠的花瓣比作红色的丝衣，其上雨水似点点泪痕。

④惺忪：从睡梦中醒来，还没有完全恢复意识的样子。

⑤旧欢：曾经欢好、旖旎的时光。

【译文】

听闻家中已下了三夜的雨，那六曲栏杆边的秋海棠，有谁会去保护娇柔的它们？在寂寞的粉墙之东，它们已是绿叶葳蕤，红花初绽，花瓣上的点点雨痕，一如美人的眼泪。

还记得当年，一朵秋海棠从伊人的鬓边斜斜落下，那时，她刚从睡梦中醒来，半床明月如水。那些美好的时光，就像一场梦。如今思量往事，本就令人断肠，更何况是在秋风中。

【赏析】

秋海棠，一种喜欢生长在墙根、天井等阴凉地方的草本植物，矮小、单薄，碧绿色的叶子舒展成心形，背面为暗红色，叶脉清晰，开粉红色的小花，花瓣薄如蝉翼，花茎瘦长，花瓣中心支起一根雏黄色的花蕊，仿佛顶着一颗毛茸茸的小球。

汪曾祺的《人间草木》里也写到了秋海棠：

"秋海棠北京甚多，齐白石喜画之。齐白石所画，花梗颇长，这在我家那里叫作'灵芝海棠'。诸花多为五瓣，唯秋海棠为四瓣。北京有银星海棠，大叶甚坚厚，上洒银星，秆亦高壮，简直近似木本。我对这种孙二娘似的海棠不大感兴趣。我所不忘的秋海棠总是伶仃瘦弱的。我的生母得了肺病，怕'过人'——传染别人，独自卧病，在一座偏房里，我们都叫那间小屋为‘小房’。她不让人去看她，我的保姆要抱我去让她看看，她也不同意。因此我对我的母亲毫无印象。她死后，这间‘小房’成了堆放她的嫁妆的储藏室，成年锁着。我的继母偶尔打开，取一两件东西，我也跟了进去。‘小房’外面有一个小天井，靠墙有一个秋叶形的小花坛，不知道是谁种了两三棵秋海棠，也没有人管它，它在秋天竟也开花。花色苍白，样子很可怜。不论在哪里，我每看到秋海棠，总要想起我的母亲。”

汪老把银星海棠比作孙二娘，想来对应的是北方女子的豪爽和泼辣，而"伶仃瘦弱"的秋海棠在他眼里，对应的自然就是清瘦文弱的江南闺秀。或许，他对秋海棠的感情，除却个人审美的喜好，以及天性中的"已识乾坤大，犹怜草木青"，更是以花为载体，慰藉一份得未曾有的母爱与亲近。

不知是哪一年的秋天，纳兰给张纯修写过一封信。信里说他在友人那里讨要了一些"秋葵"种子，想给庭院添一分明媚的秋意，然后还附了一首七绝给张纯修看：

空庭脉脉夕阳斜，浊酒盈樽对晚鸦。

添取一般秋意味，墙阴小种断肠花。

——《从友人乞秋葵种》

现代有学者考证，这首诗里的秋葵，就是断肠花，即秋海棠。

似乎也可备之一说。

张爱玲在《红楼梦魇》里写，平生有三恨，一恨鲥鱼多刺，二恨海棠无香，三恨《红楼梦》未完。但秋海棠是有香气的，淡淡的清芬，散发在稀薄的秋风里，如诉不完的前世的哀愁。

在文学作品中，秋海棠一直是个悲情的意象。古书《采兰杂志》中记载，曾经有一女子与心上人两地分隔，经常因思念对方而哭泣，日复一日，年复一年，眼泪滴落于墙阴之下。后来在她洒泪之处，竟长出一丛植物来，其叶正面翠绿，背面殷红，其花尤为娇媚，花色恰如女子的容颜，此后年年八月如约绽放，故名八月春，又称断肠花、相思草，也就是今天的秋海棠。所以，纳兰在词中写，"自然肠欲断，何必更秋风"，可谓是一语双关。

断肠花，寂寂开。

断肠人，在天涯。

按照时间推算，这首词极有可能是写于康熙二十一年（公元1682年），纳兰侦查梭龙的途中。那个让他念念不忘的将秋海棠花簪戴在鬓边的伊人，也应该是他的结发妻子卢氏。当他身处塞外的寒荒之地，收到从京城寄来的家书，得知秋海棠已经开花的消息时，他的内心里，便漫上来一场记忆的潮汐。

帘际一痕轻绿，墙阴几簇低花。夜来微雨西风软，无力任欹斜。

仿佛个人睡起，晕红不著铅华。天寒翠袖添凄楚，愁近欲栖鸦。

——《锦堂春·秋海棠》

曲阑深处重相见，匀泪偎人颤。凄凉别后两应同，最是不胜清怨月明中。

半生已分孤眠过，山枕檀痕涴。忆来何事最销魂，第一折枝花样画罗裙。

——《虞美人》

喜爱草木的李渔认为秋海棠甚至比春海棠更像美人，而且是待字闺中的美人，纤弱、娇媚："秋海棠一种，较春花更媚。春花肖美人，秋花更肖美人。春花肖美人之已嫁者，秋花肖美人之待年者。春花肖美人之绰约可爱者，秋花肖美人之纤弱可怜者。"

如这两首词所写，纳兰应该对李渔的说法心有戚戚。他看秋海棠，看到的便是一种不染纤尘的美好，楚楚动人的可爱，就像那个他想时刻呵护在手心的爱人。"折枝花样画罗裙"，那折下的花，也是秋海棠吧？真是旧欢如梦。多年过去了，秋海棠花依旧在开，断肠人的心，却先容颜一步老去了。度过一个黯然销魂的孤眠长夜，就好似过了小半生。就像沈从文说的，一个女子在诗人的诗中，永远不会老去，但诗人他自己却老去了。

有人说纳兰在塞外写的这首《临江仙》："此词因花及人，既可视为咏物，又可看作感事，而实质上是在写情。"诚然，不仅是这一首，在他的很多作品里，都或明或暗地写着情归之处，唯一人而已。在黄沙扑面、衰草连天的塞外，他想起过去的时光，以及她娇媚的容颜，于是借花为名，赋一首小词，唱一支伤心人的寂寞离歌。而我们也看到了一颗疲惫的沧桑的破碎的心，为一簇花、一个人，被温柔的想念和怜爱打湿的过程。

显然，相比"虚负凌云万丈才，一生襟抱未曾开"的仕途、无法自主的命运、无药可治的寒疾，其实与至爱之人的死别，才是他生命中最大的劫难。一场无可奈何、没有应答的想念，无异于在内心小病一场。记忆回溯，即精神的漂泊与跋涉。然而，这样的过程，除了文字可以留下轨迹，最终一切都只能落入茫茫虚无，就仿佛是刻舟求剑。

梦江南（江南好，佳丽数维扬）

江南好，

佳丽数维扬①。

自是琼花偏得月②，

那应金粉不兼香③。

谁与话清凉。

【笺注】

①佳丽：指美好的花卉。维扬：扬州。"维扬"之名出自《尚书·禹贡》"淮海惟扬州"，扬州乃华夏九州之一。《诗经》中"惟"字通"维"。

②琼花：扬州名贵花卉，花瓣状如蝴蝶，质地似美玉琼瑶，颜色微黄，清香扑鼻。偏得月：扬州月色，天下盛景。唐代徐凝《忆扬州》有诗句："天下三分明月夜，二分无赖是扬州。"

③金粉：琼花的花粉。兼香：琼花的香气是其他花卉的数倍。兼，加倍。

【译文】

江南好，扬州的花木最是美好。琼花与月色一样闻名，仿佛得到了造物主的偏爱，幽香也远在其他花木之上。谁来与我共享这馥郁又清凉的时光？

【赏析】

这首小令写于康熙二十三年（公元1684年）十月二十二日，康熙皇帝南巡至扬州，纳兰护驾左右，同游平山堂、天宁寺等地。

据《纳兰性德行年录》所记载，那次南巡长达两个月，从九月二十八日至十一月二十九日，经泰山、扬州、苏州、无锡、镇江、江宁、曲阜等地，并阅淮扬河工。当时已是秋天，但江南依旧温风习习，花影缤纷，令人喜爱，也令人感伤。纳兰天生敏感多情，虽有任务在身，心弦却不可避免地被映入眼帘的盛景触动了。

扬州有朗朗月色，岁岁年年，供文人墨客采撷无尽的灵感，又好像任意剪裁一片，就可以用来题诗写词，寄往远方，诉说绵绵情思。杜牧在离开扬州后寄信给朋友：

青山隐隐水迢迢，秋尽江南草未凋。
二十四桥明月夜，玉人何处教吹箫。

——杜牧《寄扬州韩绰判官》

这样的诗，每次读来，心湖都会泛起温柔的涟漪。扬州还有琼花，花开时香气沁人，天下无二。宋人韩琦写诗赞誉："维扬一枝花，四海无同类。"四海无同类，世人看到了琼花的绝艳，而纳兰看到的，更有琼花的孤寂。

世间的孤寂都是相通的。比如他当时的孤寂——远离亲友，扈从巡游，处处小心翼翼，如履薄冰，而身边没有一个知冷知热、心有灵犀的人。

心学大师王阳明也曾在江南的山中遇见一株开花的树。友人问他："天下无心外之物，如此花树，在深山中自开自落，于我心亦何相关？"王阳明回："你未看此花时，此花与汝心同归于寂。你来看此花时，则此花颜色一时明白起来，便知此花不在你的心外。"可见，月圆月缺，花开花落，一切都是心的映照。心生情，亦生境。古时的月光和花树，年年相遇如新。而今人的心境，早已被古人一语勘破。

梦江南（江南好，真个到梁溪）

江南好，

真个到梁溪①。

一幅云林②高士画，

数行泉石故人③题。

还似梦游非④。

【笺注】

①梁溪：水名，其源出于无锡惠山，北接运河，南入太湖。历史上梁溪也是无锡的别称。

②云林：元末明初画家、诗人倪瓒，字元镇，号云林居士、幻霞子等，擅画山水，江苏无锡人。

③故人：纳兰的好友。他们多为江南名士，如顾贞观、严绳孙、姜宸英等。

④还似梦游非：好像是在梦中游历。

【译文】

江南好，果真到了无锡。看着四处的美景，仿佛行走在倪云林的画卷里，一些泉石上，还留有故人昔日的题咏。一切好像是在梦中游历。

【赏析】

纳兰一生中仅去过一次江南。但在梦中，他已经去过了无数次。从古人的诗词开始，烟雨红尘，欸乃一声山水绿，春可拾花酿酒，夏可夜船吹笛，秋可访寺听禅，冬可煮雪煎茶。从倪云林的画作开始，春雨新篁，幽涧寒松，渔庄秋霁，山川林壑，纸上的江南，清丽、隽秀、高雅、遒逸，一如作者的性情。

纳兰喜欢江南，包括江南的人，江南的风物。在他心里，江南是精神的故乡，也是自由与浪漫的象征。他的书斋"通志堂"里，挂着江南的画卷。他把朋友从江南带来的花种，播撒在渌水亭边。就像是一种吸引力法则，成年后的他交友，从座师徐乾学，到知己顾贞观，几乎都是江南名士。他生命中的最后一段爱情，也带着江南的气息，月华如练，梨花纷飞，却长是人千里。

在梦里，他见过朱彝尊笔下的吴江："澄湖淡月，响渔榔无数。一霎通波拨柔橹，过垂虹亭畔，语鸭桥边，篱根绽、点点牵牛花吐。"他曾为姜宸英笔下的江南秋意沉醉："不知秋远近，水色涨平芜。晒岸多渔网，浮舟半竹庐。"他走进过陈维崧的回忆："江南忆，少小住长洲。夜火千家红杏幕，春衫十里绿杨楼。头白想重游。"听秦松龄说起江南文人们那段结社赋诗的时光，那是他们生命中的黄金年代。

还有顾贞观提及的吴兆骞的白马岁月，年少疏狂。

欹角枕，掩红窗。梦到江南，伊家博山沉水香。浣裙归晚坐

思量。轻烟笼浅黛，月茫茫。

——《遐方怨》

他曾梦见自己坐在江南的古宅里，等浣裙的伊人归来，身边博山炉香气沉郁，远山绵长如黛，山腰轻烟浩渺。心事荡漾着，与月光一样干净，清亮。

别后闲情何所寄，初莺早雁相思。如今憔悴异当时。飘零心事，残月落花知。

生小不知江上路，分明却到梁溪。匆匆刚欲话分携。香消梦冷，窗白一声鸡。

——《临江仙·寄严荪友》

他还梦见去无锡看望隐居的故人。那是严绳孙的避世之地。冷月无声，落花飘零，沿着千里水路，他抵达藕荡桥边，然而刚想与好友交换心事，眼前的一切便消散了，只余窗外的鸡鸣，如日光一样亮烈，提醒着他，心之忧矣，不能奋飞。白居易忆江南是"风景旧曾谙"，而纳兰是置身江南的风景之中，依然唯恐在梦中。

无锡，更是顾贞观的家乡。初至江南时，纳兰就给携沈宛错身北上的顾贞观写信，倾诉扈从的无奈，情感的孤独："扈跸遄征，远离知己，君留北阙，仆逐南云，似蚩蚖之初分，如珪璋之乍判，柳青青于客舍，魂恻恻于河梁，缱绻之情，兄固有之，弟亦何能不尔也。"如此便可以理解，纳兰到无锡时，心情为何会五味杂陈。

据《康熙起居注》载，康熙二十三年（公元1684年）十月二十七日，康熙皇帝南巡从苏州返京前往无锡，是日启行，往江宁（南京）府，驻跸无锡县南门……这首《梦江南》就是纳兰扈驾无锡时写下的作品。履行完公职后，纳兰去了惠山，访忍草庵，登贯华阁，还留下了一张自己的小像。沿着故人昔日探幽的足迹，宛若白日梦游，在惠山的暮色中，他写：

九龙一带晚连霞，十里湖光载酒家。

何处清凉堪心骨，惠山泉试虎丘茶。

——《江南杂咏》

江南好，水是二泉清。味永出山那得浊，名高有锡更谁争。何必让中泠。

——《梦江南》

惠山泉，当年被茶圣陆羽评为"天下第二泉"，也是《二泉映月》的诞生之地。纳兰说，江南好，泉水当属惠山泉最清，即便流出惠山，也不会变得浑浊，放眼整个无锡，也没有另外的泉水可以与之相比。甚至在他心里，惠山泉已不在"天下第一泉"中泠泉之下。是时烟霞萦绕，明月初生，山涧潺潺，清风入松，他吃了几盏虎丘茶，果然觉得凉意入骨，两腋飕飕，唇舌间，升腾起一种甘美，如雾如梦，清香氤氲。然而，十里的湖光，虎丘的茗茶，也依旧不能化解他内心的孤寂和怅憾啊。江南如此之好，我已踏月而来，你却不在山中。

附：

纳兰作于康熙二十三年（公元1684年）秋的江南组词其余七首：

江南好，建业旧长安。紫盖忽临双鹢渡①，翠华争拥六龙②看。雄丽却高寒。

——《梦江南》

【笺注】

①双鹢渡：画着两只鹢首的船。词中代指天子的船队。鹢，古书上的一种似鹭的水鸟。

②六龙：古代天子车驾为六马，马八尺称龙，此处代指天子。

【译文】

江南好，南京曾是六朝古都。天子巡幸的船队突然驾临，人们都来竞相观看。他们不知道，龙船虽雄伟、壮丽，却是高处不胜寒。

江南好，城阙尚嵯峨。故物陵^①前惟石马，遗踪陌上有铜驼^②。玉树夜深歌。

——《梦江南》

【笺注】

①陵：孝陵，明太祖朱元璋的陵墓。

②铜驼：铜铸的骆驼。代表安定、繁华的气象。

【译文】

江南好，南京的城阙依然高耸入云。历经岁月沧桑，能见证往昔的旧物已只有孝陵前的石马，路边铜铸的骆驼，以及夜深时分，有人在唱的《玉树后庭花》。

江南好，怀古意谁传。燕子矶头红蓼月，乌衣巷口绿杨烟。风景忆当年。

——《梦江南》

【译文】

江南好，怀古的幽情无人共鸣。城外的燕子矶头，月光依然照在红蓼上，城内的乌衣巷口，绿杨依旧袅娜如烟。这些风景，当年的王谢子弟也这样看过。

江南好，虎阜^①晚秋天。山水总归诗格秀，笙箫恰称语音圆。谁在木兰船。

————《梦江南》

【笺注】

①虎阜：苏州虎丘。一说春秋末期，吴王夫差葬其父于此，相传葬后三日有白虎踞其上，故名。一说"丘如蹲虎，以形名"。

【译文】

江南好，虎丘的晚秋天气真是美好，处处山明水秀，诗句也被浸润得格调高雅。笙箫之声也圆润清扬，恰与吴侬软语相契。不知兰舟之上，玉人是谁？

江南好，铁瓮古南徐^①。立马江山千里目，射蛟风雨百灵趋。北顾更踟蹰。

————《梦江南》

【笺注】

①铁瓮古南徐：铁瓮，即铁瓮城，镇江北顾山前的一座古城，三国时孙权所建，其坚如铁，易守难攻。南徐，古州名，今江苏

镇江。

【译文】

江南好，镇江的铁瓮城依旧坚不可摧。登临高峰，立马远眺，千里江山，尽收眼底。于是想起汉武帝曾在长江的风浪中射杀蛟龙，得百灵护体，回首北方，从容自得。

江南好，一片妙高云。砚北峰峦米外史①，屏间楼阁李将军②。金碧蠹斜曛。

——《梦江南》

【笺注】

①砚北峰峦米外史：米外史，指宋代书画名家米芾，号鹿门居士，又称海岳外史。李后主有一方名砚，雕有三十六峰峦，人称砚山。后来此砚落入米芾之手，米芾用其在镇江换成了宅地。多年后，那片宅地又被岳飞的孙辈买下，建成园林，即砚山园。

②李将军：唐代画家李思训，擅画山水楼阁，曾官至右五卫大将军。

【译文】

江南好，妙高峰上云蒸霞蔚，非常秀美。米芾应曾画过这样的景色，在屏风上，我也曾见到过李将军笔下此处的楼阁。黄昏时的太阳阳光斜洒在山峰上，越发显得美丽。

　　江南好，何处异京华。香散翠帘多在水，绿残红叶胜于花。无事避风沙。

——《梦江南》

【译文】

　　江南好，与京华相比，这里有什么不同呢？大约就是篆香消散，翠帘倒映水中，由绿变红的枫叶，比花朵更美，以及时光静好，不必躲避塞外的风沙。

临江仙（飞絮飞花何处是）

寒柳^①

飞絮飞花何处是，

层冰积雪^②摧残。

疏疏一树五更寒。

爱他明月好，憔悴也相关。

最是繁丝摇落^③后，

转教人忆春山^④。

湔裙^⑤梦断续应难。

西风多少恨，吹不散眉弯。

【笺注】

①寒柳：秋冬季节的柳树。

②层冰积雪：出自《楚辞·招魂》："层冰峨峨，积雪千里。"

③繁丝摇落：柳叶凋零。摇落，出自《楚辞·九辩》："悲哉，秋之为气也，萧瑟兮草木摇落而变衰。"

④春山：春日的山峦。亦指女子之眉，如黛色远山。而柳叶也恰似女子的蛾眉。

⑤湔裙：浣洗衣裙。出自《北史·窦泰传》，窦泰的母亲怀上窦泰后，到了预产期却迟迟不生产，心里非常恐惧。有个巫师说："渡河湔裙，产子必易。"窦母照做，果然顺利地生下了窦泰。后慢慢发展为古代风俗之一，但凡女子，正月到河边洗衣，可保一年的平安顺遂。陈维崧《永遇乐·东溪雨中修禊》有词句："湔裙节令，偏将丝雨，添满一川空翠。"

【译文】

不知那些柳絮都飞去了何方，是不是已被千里积雪覆盖，遭受着摧残。只余眼前稀疏的枯枝，在凌晨时分，独立萧寒。好在还有天上的明月，与你一同憔悴，一同消瘦。

这样的季节，草木凋零，最是让人思念曾经的满树春色。那细长的柳叶，就像她的蛾眉。然而她已不在人间了。纵然再猛烈的西风，也无法吹散我眉间的怅恨。

【赏析】

古老的《诗经》里唱："昔我往矣，杨柳依依。今我来思，雨雪霏霏。"

青青柳色，气质微苦，自古以来，就是离别风物。是因为谐音，从而产生情感的附着——柳，通"留"，送你离开，折柳一枝，但愿这一次离别，成为下一次重逢的开始。于是李白写柳："箫声咽，秦娥梦断秦楼月。秦楼月，年年柳色，灞陵伤别。"刘禹锡写："长安陌上无穷树，唯有垂杨绾别离。"唐代时，长安灞桥上设立有驿站，是东去的必经之地。灞桥边植满垂柳，"筑堤五里，载柳万株"，送别之人便可在那里折柳相赠，含泪惜别。"黯然销魂者，唯别而已矣。"所以，灞桥，亦是销魂桥。

三眠未歇。乍到秋时节。一树料阳蝉更咽。曾绾灞陵离别。絮已为萍风卷叶。空凄切。

长条莫轻折。苏小恨、倩他说。尽飘零、游冶章台客。红板桥空，湔裙人去，依旧晓风残月。

——《淡黄柳·咏柳》

这首咏柳词与《临江仙》似是写于同一时期的羁旅之作，清秋时节，柳絮飞去，从萍风卷叶，到层冰积雪，也形成了一个情绪的递进。

在词中，纳兰写到了南齐钱塘名伎苏小小。"妾乘油壁车，郎跨青骢马，何处结同心，西陵松柏下。"相传这首《同心歌》的作者苏小小就曾居住在西湖的绿杨深处，她经常乘着一辆油壁车欣赏西湖的潋滟风光，有了兴致，便将诗句写在香帕上，与文人雅士们同题唱酬。只是聪慧美艳如她，侠骨柔肠，千金一诺，却没能避开一个"情"字。

也是在西泠桥边，绿杨树下，苏小小遇到了一个骑着青骢马的世家公子。对方名叫阮郁，来自金陵，家世显赫，俊美风流。今夕何夕，见此粲者，她是钱塘名伎，阅人无数，爱上一个人，才会倾其所有。是时，湖光山色为证，才子佳人，私订终身。阮郁则指月为誓，待回到金陵，定会托人来钱塘提亲。翌日临行，苏小小折下杨柳，绾成同心结相赠，愿君相思莫相负。怎料阮郁一去，再无音讯。后来苏小小才辗转得知，阮家是介意她"名伎"的身份，而阮郁，无奈之下也只能选择了亲情。那一刻，她所有的骄傲都被打败了。

苏小恨，无处说。如此，一代名伎苏小小，不久便香消玉殒，饮恨离世了。一缕香魂长眠于西泠桥畔，引得后世无数文人墨客为其思慕、感怀。纳兰年少时就曾透过一树鹅黄的新柳，在诗词里想象过江南的娇软和烟雨，而苏小小，自然就是江南女子的美好代表：

娇软不胜垂，瘦怯那禁舞。多事年年二月风，剪出鹅黄缕。一种可怜生，落日和烟雨。苏小门前长短条，即渐迷行处。

——《卜算子·新柳》

在唐代，诗鬼李贺给苏小小写诗："无物结同心，烟花不堪剪。草如茵，松如盖。风为裳，水为佩。油壁车，夕相待。冷翠烛，劳光彩。西陵下，风吹雨。"白居易在江南做官时，也到西湖边寻觅过苏小小的旧踪，像寻觅一个古老又多情的梦："若解多情寻小小，绿杨深处是苏家"，"苏家小女旧知名，杨柳风前别有

情"……却只余清风朗月，依依杨柳，幽幽如诉。诉说着一个浪漫
又心碎的故事，一种无法摆脱的被情所伤的宿命。苏小恨，也触动
了每一颗多情的灵魂。

在《淡黄柳》中，纳兰再一次写到了"湔裙"的典故。联系上
下词意，便知他是在思念因产后病去世的卢氏。很多年前，那个在
杨柳岸边低唱晓风残月的柳永，听过寒蝉凄切后，曾写下"多情自
古伤离别，更那堪，冷落清秋节"。只叹柳永是执手相看泪眼，无
语凝噎，纳兰却是不曾折柳相送，一别已是永远。从清秋到寒冬，
纳兰的心一寸一寸凉下去，指尖的词句，也一句比一句冷。但卢氏
去后，纵然是杨柳如丝，朗朗明月又如何，在他心里，依旧是满目
凄凄，黯然肠断：

塞草晚才青，日落箫笳动。戚戚凄凄入夜分，催度星前梦。
小语绿杨烟，怯踏银河冻。行尽关山到白狼，相见惟珍重。

——《卜算子·塞梦》

问君何事轻离别。一年能几团圆月。杨柳乍如丝。故园春
尽时。

春归归不得。两桨松花隔。旧事逐寒潮。啼鹃恨未消。

——《菩萨蛮》

绿杨飞絮，叹沉沉院落，春归何许。尽日缁尘吹绮陌，迷却

梦游归路。世事悠悠，生涯未是，醉眼斜阳暮。伤心怕问，断魂何处金鼓。

　　夜来月色如银，和衣独拥，花影疏窗度。脉脉此情谁识得，又道故人别去。细数落花，更阑未睡，别是闲情绪。闻余长叹，西廊惟有鹦鹉。

——《百字令》

　　而"行尽关山到白狼，相见惟珍重"，"旧事逐寒潮。啼鹃恨未消"，"伤心怕问，断魂何处金鼓"，与"西风多少恨，吹不散眉弯"一样，寒意扑面，却是全篇的点睛之笔，有身世之恨，有羁旅之愁，有失去爱人的悲痛，也有心事摇落的沧桑，年华易逝的伤感，此情谁共的孤独。

　　读来总让人想到虞信的《枯树赋》："昔年种柳，依依汉南。今看摇落，凄怆江潭。树犹如此，人何以堪。"人何以堪，情何以堪。往事回首，不胜伤悲。昔看春山，今看摇落，只因卿卿卢氏，是他生命中永远的留不住，永远的忘不了，也是永远的来不及。

清平乐（凄凄切切，惨淡黄花节）

凄凄切切^①，

惨淡黄花节^②。

梦里砧声^③浑未歇，

那更乱蛩悲咽。

尘生燕子空楼^④，

抛残弦索^⑤床头。

一样晓风残月^⑥，

而今触绪添愁。

①凄凄切切：凄凉、哀怨的样子。

②黄花节：重阳节。黄花，菊花。

③砧声：捣衣声。砧，捣衣石。砧声也是羁旅悲秋作品中的常见意象。

④燕子空楼：燕子楼，徐州名楼。唐代徐州守帅张愔纳名伎关盼盼后，为其修建燕子楼。张愔死后，关盼盼在楼中闭户不出，念旧爱十余年不嫁。苏轼在徐州任太守时，曾夜宿燕子楼，梦见关盼盼而作《永遇乐》："天涯倦客，山中归路，望断故园心眼。燕

子楼空，佳人何在，空锁楼中燕。古今如梦，何曾梦觉，但有旧欢新怨。"

⑤弦索：弦乐器。此处代指古琴。

⑥晓风残月：拂晓时的风和月。出自柳永《雨霖铃》："今宵酒醒何处，杨柳岸，晓风残月。"

【译文】

又到了重阳，黄花满地的时节，心情却是一片惨淡。每夜梦里，捣衣声催人肠断，从未停歇。更何况，还有秋虫的鸣叫，更添莫名的凄凉。

想那燕子楼中，佳人已去多年。而自她去后，我的古琴便抛却在了床头。一样的晓风残月，良辰美景如虚设。如今想起关盼盼的痴情，又不禁愁绪万千。

【赏析】

魏文帝曹丕曾在某年的九月九日给他的臣子钟繇写信："岁往月来，忽复九月九日。九为阳数，而日月并应，俗嘉其名，以为宜于长久，故以享宴高会。"一封高古的帝王书，一个美好的心愿，带着人间的烟火气，菊花的馥郁香气，以及季节的诗意与微醺，相传就是重阳节最初的样子。

曹丕的心愿，自然是国泰民安，江山永固。对于纳兰来说，重阳，重九，不过是但愿人长久。而自从永失我爱之后，"人长久"

显然成了一种讽刺。任岁月流逝，时序变幻，他只是一个寂寞的局
外人，深秋兼独夜，绝塞逢重阳，更是倍感凄凉：

消息谁传到拒霜。两行斜雁碧天长。晚秋风景倍凄凉。
银蒜押帘人寂寂，玉钗敲烛信茫茫。黄花开也近重阳。

——《浣溪沙》

鸳瓦已新霜，欲寄寒衣转自伤。见说征夫容易瘦，端相。梦
里回时仔细量。
支枕怯空房，且拭清砧就月光。已是深秋兼独夜，凄凉。月
到西南更断肠。

——《南乡子·捣衣》

深秋绝塞谁相忆，木叶萧萧。乡路迢迢。六曲屏山和梦遥。
佳时倍惜风光别，不为登高。只觉魂销。南雁归时更寂寥。

——《采桑子·九日》

古木向人秋。惊蓬掠鬓稠。是重阳、何处堪愁。记得当年惆
怅事，正风雨，下南楼。
断梦几能留。香魂一哭休。怪凉蟾、空满衾裯。霜落乌啼浑
不睡，偏想出，旧风流。

——《南楼令·塞外重九》

彼时，柳永的《雨霖铃》已将他的心事道破："此去经年，应是良辰好景虚设。便纵有千种风情，更与何人说。"无人说，当年的惆怅与风流。无人说，心比疏花还寂寞。那就付诸文字吧。这世上每一个愁苦的灵魂，都需要倾诉的树洞，寻找相通的感情。譬如在遥远的唐代，纳兰就知道，也有一个人有过这样的心绪，她就是那独守燕子楼的关盼盼。

关盼盼，唐朝贞元年间的歌伎，后被徐州刺史张愔纳为爱妾。她精通歌舞，满腹诗文，一双明眸顾盼生辉，又因白居易的赠诗"醉娇胜不得，风袅牡丹花"而名满天下。张愔妻妾众多，却独宠关盼盼，为博佳人一笑，曾在云龙山麓修建燕子楼，檐角如飞燕凌空，以匹配佳人轻柔绝美的舞姿。怎料良辰美景只是昙花一现，关盼盼嫁入张府两年后，张愔便病逝了，不久归葬北邙山。张家姬妾也一朝散尽。唯有关盼盼，搬进了燕子楼，为报两年的欢好，愿意用余生所有的清冷去偿还。她幽居燕子楼，不出门庭，不事歌舞，不见宾客，一住便是十年。十年间，不知有多少人站在燕子楼下，渴慕一睹佳人风姿，许之重金与情意，但她自始至终不为所动。美人如花隔云端，而她的心已经萎谢了。

十年后，善写春闺情愫的诗人张仲素有感关盼盼为张愔守节之事，写了三首《燕子楼》：

楼上残灯伴晓霜，独眠人起合欢床。

相思一夜情多少，地角天涯未是长。

北邙松柏锁愁烟，燕子楼中思悄然。
自埋剑履歌尘绝，红袖香消一十年。

适看鸿雁岳阳回，又睹玄禽逼社来。
瑶琴玉箫无愁绪，任从蛛网任从灰。

白居易读完诗后，不胜唏嘘。他想起曾经在徐州，他去参加张
愔举办的宴会，酒酣时，关盼盼献上一支歌舞，令他只疑身在华清
之畔，遇见了霓裳羽衣的杨贵妃，于是白居易步韵张仲素，和了此
上三首《燕子楼》。

满床明月满帘霜，被冷灯残拂卧床。
燕子楼中霜月夜，秋来只为一人长。

钿晕罗衫色似烟，几回欲著即潸然。
自从不舞《霓裳曲》，叠在空箱十一年。

今春有客洛阳回，曾到尚书墓上来。
见说白杨堪作柱，争教红粉不成灰。

　　诗前还有一个小序，讲述了昔年与关盼盼的一宴之缘，以及作品的背景和原因："念旧爱而不嫁，居是楼十余年，幽独块然，于今尚在。余爱缋之新咏，感彭城旧游，因同其题，作三绝句……"与诗句抒发的情感一样，序言里也尽是对关盼盼的怜惜和感叹。后来，这三首绝句连同序言都收录在他的诗集《白氏长庆集》里，至今犹在。只是很多年过去，一些笔记小说为博眼球，供人茶余饭后消遣，竟用这段序言移花接木，编造了白居易写诗逼死关盼盼的故事，比如将张仲素的《燕子楼》改成关盼盼所作，说白居易在《燕子楼》诗后还附有"歌舞教成心力尽，一朝身去不相随"，还将白居易当时的官职写成了几年后才赴任的中书舍人——最后，关盼盼便果真绝食而亡，随张愔而去了。

　　想一想，白居易若真是如此不堪，便不会在暮年落魄时，为保歌伎周全，将其一一遣散，而歌伎们都哭着不肯离去。这样的编派，还真是狗尾续貂。显然，历史上的白居易并不曾逼死关盼盼，但他的确为一个人写过："君埋泉下泥销骨，我寄人间雪满头。"那是白居易在晚年时，一生荣辱如春梦初醒，旧欢新怨成云烟飞去，悼念故友元稹的诗句。果然是老来多健忘，唯不忘相思。凄苦至极，深情至极，也浪漫至极。那样的诗句，真适合失去了卢氏后，一夜为爱白头的纳兰。

满江红（籍甚平阳）

为曹子清①题其先人所构楝亭，亭在金陵署中

籍甚平阳，羡奕叶②、流传芳誉。

君不见、山龙补衮，昔时兰署③。

饮罢石头城④下水，移来燕子矶边树。

倩一茎、黄楝作三槐，趋庭外⑤。

延夕月，承晨露。

看手泽⑥，深余慕。

更凤毛才思，登高能赋⑦。

入梦凭将图绘写，留题合遣纱笼护⑧。

正绿阴、青子盼乌衣，来非暮⑨。

【笺注】

①曹子清：曹寅，字子清，号荔轩，又号楝亭，满洲正白旗包衣，曾任御前侍卫，后任苏州织造、江宁织造，即为宫廷供应织品的皇商，纳兰容若好友。

②籍甚平阳，羡奕叶：籍甚，盛大。平阳，本指汉代平阳侯曹参，享世袭，此代指曹寅曹家，曹寅之父乃江宁织造。奕叶，世世代代。

③山龙补衮，昔时兰署：山龙，即山与龙，都是官服上的图案。衮，帝王的礼服。补衮，意为辅佐帝王，忠言劝谏。兰署，唐代秘书省的别称，亦称兰台，此处用来比喻曹氏门第的尊贵。

④石头城：故址在今南京的清凉山，也是南京（金陵）的代称。典出《中朝故事》，晚唐名相李德裕曾令一个出使江南的部下带一壶扬子江的水给他，那使者却因酒醉忘了托付，一直到石头城才想起来，于是便在石头城下取了一壶水赴京献之。李德裕喝过水后，惊讶地说水的味道已与当年不同，更像是石头城下的江水。那使者一听，赶紧向李德裕道歉，并说出了实情。

⑤黄棣作三槐，趋庭外：三槐，典出《周礼·秋官·朝士》："面三槐，三公位焉。"周代宫廷外有三棵槐树，三公朝天子时，面向三槐而立。后以三槐比喻三公（古代朝廷中最尊显的官职的合称）。相传北宋王佑曾在庭院种了三棵槐树，后来他的儿子果然做了宰相，王家也被称为"三槐王氏"。

趋庭，典出《论语·季氏》，孔子有次独自站在堂上，他的儿子孔鲤趋而过庭（快步走过中庭），孔子问："你学《诗》了吗？"孔鲤说："还没有。"孔子说："不学《诗》，无以言。"孔鲤退而学《诗》。又一次，孔子独立堂上，孔鲤趋而过庭，孔子问："你学《礼》了吗？"孔鲤说："还没有。"孔子说："不学《礼》，无以立。"孔鲤退而学礼。后来"趋庭""鲤对"都是指子女承受父教，如唐代王勃《滕王阁序》："他日趋庭，叨陪鲤对；今兹捧袂，喜托龙门。"

这句诗的意思是曹寅先人所种的楝树可以让曹家子孙官至三公。

⑥手泽：典出《礼记·玉藻》："父没而不能读父之书，手泽存焉尔。"手泽即手汗，后代指先人或前辈的遗墨、遗物等。

⑦凤毛才思，登高能赋：指子孙传承了父辈的风度与才华。登高能赋，古代大夫的必备才能之一，如《汉书》所记："不歌而诵谓之赋，登高能赋可以为大夫。"

⑧留题合遣纱笼护：典出五代王定保《唐摭言》：唐代宰相王播年少孤贫，曾寄居在扬州惠昭寺木兰院，每天跟着僧人一起吃饭，但僧人们经常会提前开饭，待王播到来时，饭已经没了。二十年后，王播出镇扬州，去惠昭寺木兰院访旧，竟看到自己昔日题在墙上的诗句已经全部被僧人们用碧纱保护起来了。王播作诗感叹："二十年前此院游，木兰花发院新修。而今再到经行处，树老无花僧白头。上堂已了各西东，惭愧阇黎饭后钟。二十年来尘扑面，如今始得碧纱笼。"

⑨正绿阴、青子盼乌衣，来非暮：绿阴青子，茂盛的果树与籽实。苏轼《如梦令·春思》："手种堂前桃李，无限绿阴青子。"乌衣，南京秦淮河南岸乌衣巷的王谢子弟，词中代指曹寅。来非暮，典出《后汉书·廉范传》，廉范调任蜀郡太守后，撤销了之前禁止百姓在夜间点灯做工的禁令，百姓称赞他："廉叔度（廉范），来何暮，不禁火，民安作……"词中指江宁百姓都在盼望曹寅的到来，而他也来得正当时。

【译文】

你出身名门，家世显赫，美名流芳百代，不知令多少人欣羡。你的先辈位高权重，曾辅佐帝王，忠言劝谏。你的父亲被派往江宁，身居要职，饮罢石头城下水，又将燕子矶的树木移植府中。江宁署衙庭中那一棵黄楝，便是令尊亲手种下的，就像古人曾种下三槐一样，希望子承父训，儿孙位列三公。

在一年又一年的月光与朝露的滋养下，黄楝树已亭亭如盖。你在树下翻看先人遗墨的情景，真是让人羡慕。你的才华与风度，更是青出于蓝，《楝亭图》就像是在梦中绘成，就连我们的题咏他日也定会被人珍视。如今正是黄楝树绿荫如云，籽实累累的时候，就像江宁的子民在期盼着你的到来。

【赏析】

这首词写于康熙二十四年（公元1685年）五月，也是纳兰人生中最后一首长调。当时，已经世袭江宁织造的曹寅携《楝亭图》进京，邀请纳兰、顾贞观等好友在图上题咏诗文，以感怀先人，赞颂其功德，并引来四方名士步韵相和，共计四十五家，可谓一段佳话。纳兰是见过曹家那株黄楝树的。那是在扈驾南巡，途经南京的时候，他去江宁织造府祭奠曹寅的父亲，同时与好友曹寅互诉衷肠。

曹寅小纳兰四岁，才情翩翩，风神洒然，两人都曾是康熙皇帝身边的带刀侍卫，交谊颇深。但曹寅却是在南京长大的。曹氏一族在努尔哈赤时期就成了包衣，也就是皇家的奴仆。但他们还是凭借自身的才能与品质，获得了皇帝的亲近与信任。曹寅的母亲曾做过康熙皇帝的乳母，父亲曹玺则在康熙二年（公元1663年）因平乱有功，被派往南京监理江宁织造，到了曹寅年少时，曹家已成了南京首屈一指的望族。

昔日曹玺从燕子矶边移来的黄楝树，也渐渐有了浓荫。楝树下，有曹玺构建的凉亭，旁边就是曹寅的书房，每当春天的时候，紫色的楝花就会落满书页。少年时的曹寅便经常在楝亭温习功课，接受父亲的教诲。在十六岁成为康熙的侍卫之前，他就已经做了康熙的伴读。

康熙二十三年（公元1684年）六月，曹玺故去，作为长子的曹寅重修了楝树下的凉亭，取名"楝亭"，并请人绘《楝亭图》，让曹家的精神图腾，以图文的方式流传于世。"楝亭"，还是曹寅的号和他文集的名字。纳兰在这首《满江红》的序言中写："余友曹君子清，风流儒雅，彬彬乎兼文学政事之长，叩其渊源，盖得之庭训者居多。"曹寅在政治上的才能、文学上的才华，以及生活中的风雅，纳兰认为，大部分原因，都是得益于父辈的言传身教。而彼时，在江宁织造署中，坐在楝亭里的曹寅，念及先人，说起家族往事，不禁对着纳兰"泫然流涕"。于是翌年五月，曹寅来到北京，请当世最有名的文人题咏《楝亭图》，纳兰公子便是"首倡"，即最先发起题咏的人。其次，是顾贞观。在词中，顾贞观将曹寅比作七步成章的曹植，有绣虎才华——绣，文采隽美；虎，才气雄杰，两者皆直追曹司空（曹玺）的风流：

绣虎才华，曾不减、司空清誉。还记得、当年绕膝，雁行冰署。依约阶前双玉笋，分明海上三珠树。忆一枝、新荫小书窗，亲栽处。

柯叶改，霜和露。云舍杳，空追慕。拟乘轺几日，旧游重赋。暂却缁尘求独赏，层修碧槛须加护。蚤催教、结实引鹓雏，相朝暮。

——顾贞观《满江红》

纳兰则在《满江红》词的序言中写道：

《诗》三百篇，凡贤人君子之寄托，以及野夫游女之讴吟，往往流连景物，遇一草一木之细，辄低回太息而不忍置，非尽若召伯之棠"美斯爱，爱斯传"也。又况一草一木，倘为先人之所手植，则睠言遗泽，攀枝执条，泫然流涕，其所图以爱之而传之者，当何如切至也乎！

余友曹君子清，风流儒雅，彬彬乎兼文学政事之长，叩其渊源，盖得之庭训者居多。子清为余言：其先人司空公当日奉命督江宁织造，清操惠政，久著东南；于时尚方资黼黻之华，闾阎鲜杼轴之叹；衙斋萧寂，携子清兄弟以从，方佩觿佩韘之年，温经课业，靡间寒暑。其书室外，司空亲栽楝树一株，今尚在无恙：

当夫春葩未扬，秋实不落，冠剑廷立，俨如式凭。磋乎！曾几何时，而昔日之树，已非拱把之树；昔日之人，已非童稚之人矣！语毕，子清愀然念其先人。

余谓子清："此即司空之甘棠也。惟周之初，召伯与元公尚父并称，其后伯禽抗世子法，齐侯伋任虎贲，直宿卫，惟燕嗣不甚著。今我国家重世臣，异日者，子清奉简书乘传而出，安知不建牙南服，踵武司空。则此一树也，先人之泽，于是乎延；后世之泽，又于是乎启矣。可无片语以志之？"

因为赋长短句一阕。同赋者：锡山顾君梁汾。并录其词于左……

——《曹司空手植楝树记》

在序言中，纳兰以《诗经》中的《甘棠》来赞誉曹玺的高洁品格与惠民美政："蔽芾甘棠，勿翦勿伐，召伯所茇。蔽芾甘棠，勿翦勿败，召伯所憩。蔽芾甘棠，勿翦勿拜，召伯所说。"相传召伯南巡，所到之处不占用民房，只在甘棠树下停车驻马、昕讼决狱、搭棚过夜。召伯去世后，人们感念他的美德，作民歌赞颂甘棠树，实为爱屋及乌，思其人而敬其树。楝树与曹司空，一如甘棠与召伯。然后，纳兰又将曹寅比作历史上的伯禽、吕伋和燕侯等"世臣"，安慰和鼓励友人，日后定能子承父业，前程无忧。

史料中记载的曹寅为人风雅，喜交名士，通诗词，晓音律，主编《全唐诗》，著有文集多卷。而且就在曹寅任江宁织造后，曹氏家族达到了荣耀的顶峰。他是康熙皇帝最倚重的臣子、最信任的心腹，皇帝六下江南，五次都是住在江宁织造府。

纳兰在《满江红》里对他的祝福，似乎都应验了。然而到了康熙晚期，在那场不见硝烟的争储大战中，曹家也卷入了政治旋涡，最终选择站在了八阿哥胤禩的身后。所以，四阿哥成了雍正皇帝之后，曹家的繁华就只能化作云烟了。所幸的是，曹寅去世得早，并未看到树倒猢狲散的那一幕。但曹寅的孙子看到了。那个年轻人，经历过鲜花着锦，烈火烹油，也看到了食尽鸟投林，一片白茫茫大地真干净。

他就是曹雪芹，一个醉生梦死的落魄公子，一位永远璀璨的文坛泰斗。

曹家没落后，曹雪芹将半生心血、荣辱、悲欢、风月情浓，以及不世出之才华，凝成一部不完满的《红楼梦》。后来有笔记小说写，和珅曾将《红楼梦》呈给乾隆皇帝看，乾隆读后感叹："此盖为明珠家事作也！"因为乾隆的那句话，很多人都将纳兰视为贾宝玉的原型。是或者不是，只有作者知道了。"满纸荒唐言，一把辛酸泪。都云作者痴，谁解其中味。"多像当年曹寅说纳兰的那句："家家争唱《饮水词》，纳兰心事几曾知。"

康熙三十四年（公元1695年）的秋天，也就是纳兰过世十年后，在江宁织造府，曹寅设宴楝亭，与来访的故人，时任庐江郡守的张纯修，以及江宁知府施世纶秉烛夜话，同题赋诗，主题便是怀念"成容若君"。

> 紫雪冥蒙楝花老，蛙鸣厅事多青草。
>
> 庐江太守访故人，建康并驾能倾倒。
>
> 忆昔宿卫明光宫，楞伽山人貌姣好。
>
> 马曹狗监共嘲难，而今触痛伤枯槁。
>
> 家家争唱《饮水词》，纳兰心事几曾知。
>
> 斑丝廓落谁同在，岑寂名场尔许时。
>
> ——曹寅《题楝亭夜话图》

　　是时楝花还在枝头，秋风拂过，紫雪簌簌。夜间，蛙鸣点点，青草幽深，秉烛夜游，如乘往事之舟。曹寅回忆起昔日与纳兰在明光宫当侍卫的时光，纳兰做过马曹（管理马匹的小官），自己也当过养狗处的头领，俩人曾一起自嘲。那时，人人都说纳兰容若俊逸非凡，公事之余，纳兰也会和侍卫们打趣玩笑，只是没有一个人知道，纳兰有天会离开得那么早。

　　思量往事，内心总是充满了怅憾与伤痛。如今每个人都在竞相吟唱《饮水词》，但又有谁真正走进过作者的内心，洞悉过他的伤痛呢？年华匆匆，留在世上的人，命运已被公子言中，坐镇江宁，富甲一方，却也两鬓斑丝，良朋零落。一如词坛的哀伤，公子一去，寂寥如斯。而三百多年后，经过王朝的衰亡，战火的洗劫，数度辗转，十卷《楝亭图》尚留存于世也可以称之为是一种造化。

　　《楝亭图》不仅是与许多人命运相通的暗线，见证了一个家族的兴衰史，成了《红楼梦》研究的重要资料，也承载了一场南北迢迢、山长水远的文字盛筵。但个中真意，才是世间不被岁月蒙尘的珍宝。就像昔日在渌水亭边，纳兰公子留下的那首《满江红》，化作故纸上的惠风与秋波后，世人驻足凝望，依然可见情意葳蕤，光阴万金。

附录一：饮水词序

《饮水词》序

顾贞观 撰

非文人不能多情，非才子不能善怨。《骚》《雅》之作，怨而能善，惟其情之所钟为独多也。容若天资超逸，翛然尘外，所为乐府小令，婉丽凄清，使读者哀乐不知所主，如听中宵梵呗，先凄婉而后喜悦。定其前身，此岂寻常文人所能得到者。昔汾水秋雁之篇，三郎击节，谓巨山为才子。红豆相思，岂独生于南国哉。荪友谓余，盍取其词尽付剞劂。因与吴君藟次共为订定，俾流传于世云。同学顾贞观识。时康熙戊午又三月上巳，书于吴趋客舍。（道光十二年汪元治结铁网斋刻本）

《饮水词》序

吴绮 撰

一编《侧帽》，旗亭竞拜双鬟；千里交襟，乐府唯推只手。吟哦送日，已教刻遍琅轩；把玩忘年，行且装之玳瑁矣。迄因梁汾顾子，高怀远询《停云》；再得容若成君，新制仍名《饮水》。披函昼读，吐异气于龙宾；和墨晨书，缀灵葩于虎仆。香非兰蕊，经三日而难名；色似蒲桃，杂五纹而奚辨。汉宫金粉，不增飞燕之妍；洛水烟波，难写惊鸿之丽。盖进而益密，冷暖只在自知；而闻者咸歔，哀乐浑忘所主。谁能为是，辄唤奈何。则以成子姿本神仙，虽无妨于富贵；而身游廊庙，恒自托于江湖。故语必超超，言旨奕奕。水非可画，得字成澜；花本无言，闻声若笑。时时夜月，镜照眼而益以照心；处处斜阳，帘隔形而不能隔影。才由骨俊，疑前身或是青莲；思自胎深，想竟体俱成红豆也。嗟乎！非慧男子不能善愁；唯古诗人乃云可怨。公言性吾独言情，多读书必先读曲。江南肠断之句，解唱者唯贺方回；堂东弹泪之诗，能言者必李商隐耳。薗次吴绮序于林蕙堂。（道光十二年汪元治结铁网斋刻本）

《饮水诗词集》序

张纯修 撰

余既哀容若诗词付之梓人，刻既成，谨泚笔而为之序曰：嗟乎！谓造物者而有意于容若也，不应夺之如此其速；谓造物者而无意于容若也，不应畀之如此其厚。岂一人之身，故有可解不可解者耶？容若与余为异性昆弟，其生平有死生之友曰顾梁汾。梁汾尝言：人生百年一弹指顷，富贵草头露耳。容若当思所以不朽，吾亦甚思所以不朽容若者。夫立德非旦暮间事，立功又未可预必，无已，试立言乎。而言之仅仅以诗词见者，非容若意也，并非梁汾意也。语云：非穷愁不能著书。古之人欲成一家之言，网罗编葺，动需岁月。今容若之才，得于天者非不最优，而有章服以束其体，有职守以劳其生，复不少假之年，俾得殚其力以从事于儒生之所为。噫嘻！岂真以畀之者夺之，而其所不可解者，即其所可解者耶？梁汾从京师南来，每与余酒阑灯炧，追数往事，辄相顾太息，或泣下不可止。忆容若素矜慎，不轻为文章，极留意经学，而所为经解诸序，从未出以相示。此卷得之梁汾手授，其诗之超逸，词之隽婉，世共知之。而其所以为诗词者，依然容若自言"如鱼饮水，冷暖自知"而已。区区痛惜之私，欲不言不忍，姑述其大略如是云。时康熙辛未仲秋，古燕张纯修书于广陵署之语石轩。（康熙三十年张纯修刻本）

《通志堂集序》

徐乾学 撰

往者容若病且殆，邀余诀别，泣而言曰："性德承先生之教，思钻研古人文字，以有成就。今已矣。生平诗文不多，随手挥写，辄复散佚，不甚存录。辱先生不鄙弃，执经左右，十有四年。先生语以读书之要，及经史诸子百家源流，如行者之得路。然性喜作诗余，禁之难止。今方欲从事古文，不幸遘疾短命，长负明诲，殁有余恨！"余闻其言而痛之，自始卒以及殡阼，临其丧哭之必恸。其葬也，余既为之志，又铭其隧道之石。余甚悲。容若以豪迈挺特之才，勤勤学问。生长华阀，淡于荣利。自癸丑五月始，逢三、六、九日，黎明骑马过余邸舍，讲论书史，日暮乃去，至入为侍卫而止。其识见高卓，思致英敏，天假之年，所建树必远且大。而甫及三十，奄忽辞世，使千古而下，与颜子渊、贾太傅并称。岂惟忝长一日者有祝予之悲，海内士大夫无不闻而流涕，何其酷也。余里居杜门，检其诗词古文遗稿，太傅公所手授者，及友人秦对岩、顾梁汾所藏，并经解小序合而梓之，以存梗概，为《通志堂集》。碑志、哀挽之作，附于卷后。呜呼！容若之遗文止此，其必传于后无疑矣！记其撤瑟之言，宛如昨日。为和泪书而序之。重光协洽之岁。昆山友人健庵徐乾学书。（康熙刻本《通志堂集》卷首）

《成容若遗稿》序

严绳孙 撰

始余与成子容若定交，成子年未二十。见其才思敏异，世未有过之者也。使成子得中寿，且迟为天子贵近臣，而举其所得之岁月，肆力于六经诸史百家之言，久之，浩瀚磅礴，以发为诗歌、古文词，吾不知所诣极矣。今也不然。追溯前游，十余年耳。而此十余年之中，始则有事廷对，所习者规摹先进，为殿陛敷陈之言。及官侍从，值上巡幸，时时在钩陈豹尾之间。无事则平旦而入，日晡未退以为常。且观其意，惴惴有临履之忧，视凡为近臣者有甚焉。盖其得从容于学问之日，固已少矣。吾不知成子何以能成就其才若此。抑尝计之，夫成子虽处贵盛，闲庭萧寂。外之无扫门望尘之谒，内之无裙屐丝管、呼卢秉烛之游。每夙夜寒暑，休沐定省，片晷之暇，游情艺林，而又能撷其英华，匠心独至，宜其无所不工也。至于乐府小词，以为近骚人之遗，尤尝好为之。故当其合作，飘忽要眇，虽列之《花间》《草堂》，左清真而右屯田，亦足以自名其家矣。嗟乎！天之生才，而或夺之年，如贾傅之奇气卓识，度越今古无论。其次文章之士，若唐王勃之流，藻艳飚驰，一往辄尽。故裴行俭之论，有以卜其所止。今成子之作，非无长才，而蕴藉流逸，根乎情性。所谓人所应有，己不必有；人所应无，己不必无。虽使益充其所至，犹疑非世之所共识赏。而造物厄之，何耶？

虽然，修短天也。夫士亦欲其言之传耳。今健庵先生已缀辑其遗文而刻之，盖不徒笃死生之谊也。后世必更有知成子者矣。独是余与成子周旋久，于先生之命序是编，其能不泫然而废读乎！康熙三十年秋九月，无锡严绳孙题。（康熙刻本《通志堂集》卷首）

附录二：纳兰手札

致张纯修

第一札

前求镌图书，内有欲镌"藕渔"二字者，若已经镌就则已，倘尚未动笔，望改篆"草堂"二字。至嘱，至嘱。茅屋尚未营成，俟葺补已就，当竭诚邀驾作一日剧谈耳。但恨无佳茗供啜也。平子望致意。不宣。成德顿首。初四日。

附：

顾贞观题跋："卿自见其朱门，贫道如游蓬户。"容兄因仆作此语，构此见招。有诗刻《饮水集》中。适睹此札，为此三叹。贞观。

第二札

前来章甚佳，足称名手。然自愚观之，刀锋尚隐，未觉苍劲耳。但镌法自有家数，不可执一而论，造其极可也。日者竭力构求旧冻，以供平子之镌，尚未如愿。今将所有寿山几方，敢求渠篆之。石甚粗砺，且未磨就，并希细致之为感。叠承雅惠，谢何可言。特此，不备。十七日，成德顿首。石共十方，其欲刻字样，俱书于上。又拜。

第三札

德白：比来未晤，甚念。平子兄幸嘱其一二日内拨冗过我为祷。此启，不尽。初四日，德顿首。并欲携刀笔来，有数石可镌也。如何？

第四札

正因数日不见，怀想甚切，不道驾在津门也。海上风烟，想大可观，有新作，归来即望示我。来笺甚佳，岂惠我少许。尊使还，草此奉覆。不尽，不尽。十月五日。成德顿首。

第五札

前托潘公一事，乞命使促之。夜来微雨西风，亦春来头一次光景。今朝霁色，亦复可爱。恨无好句以酬之，奈何，奈何。平子竟不来，是何意思？成德顿首。

第六札

前正以风甚不得相过为憾，值此好风日，明早准拟同诸兄并骑而来，奈又属入直之期，万不得脱身。中心向往，不可言喻。另日奉屈过小圃，快晤终日，以续此缘，何如？见阳道兄。成德顿首。

第七札

连日未晤，念甚。黄子久手卷借来一看，诸不一。期小弟成德顿首。

第八札

日晷望即付来手，诸容另布，不一。期弟成德顿首。见阳道长兄。

第九札

日晷不佳，望以前所见者赐下，否则俱不必耳。恃在道义相照，故如是贪鄙也。平子已托六公，如何竟有舛谬？俟再订之。诸不悉。成德顿首。

第十札

一二日间，可能过我？张子由画三弟像，望转索付来手。诸子及悉，特此。成德顿首。七月四日。

第十一札

素公小照奉到，幸简入之。诸容再布，不尽。成德顿首。七月十一日。

第十二札

天津之行，可能果否？斗科望速抄出见示。聚红杯乞付来手。三令弟小照亦望检发。至感，至感。特此，不一。成德顿首。

第十三札

令弟小照可谓逼肖，然妆点未免少俗耳。吾哥似少不像，而秋水红叶，可无遗憾也。一两日可能过我？特此，不尽。耒中顿首。

第十四札

姚老师已来都门矣，吾哥何不日斜过我？不尽。成德顿首。三月既日。

第十五札

两日体中大安否？弟于昨日忽患头痛，喉肿。今日略差，尚未痊愈也。道兄体中大好，或于一二日内过荒斋一谈，何如，何如？特此，不一。耒中顿首。更有一要语，为老师事，欲商酌。又拜。

第十六札

花马病尚未愈，恐食言，昨故令带去。明早家大人扈驾往西山，他马不能应命，或竟骑去亦可。文书已悉，不宣。成德顿首。

第十七札

来物甚佳，渠索价几何？欲倾囊易也。弟另觅鳅角，尚欲转烦茂公等再为之，未审如何？先此覆，不尽，不尽。初四日，成德顿首。

第十八札

箭决二，谨遣力驰上。其物甚鄙，祈并存之为感。所言书，幸于明朝即令纪纲往取。晤期俟再订。不尽。弟成德顿首。见阳道兄足下。

第十九札

箭决原付小力奉上，因早间偶失检察，竟致空手往还，可笑甚矣。今特命役驰到，幸并存之。书祈于明后日即取至，则感高爱于无量也。晤期再报，不一。成德顿首。见阳道兄足下。

第二十札

倪迂《溪山亭子》乃借耿都尉者，顷已送还，俟翌日再借奉鉴耳。四画若得司农慨然发览，当邀驾过共赏也。率覆，不一。成德顿首。

第二十一札

周、伊二人昨竟不来，不知何意？先生幸促之。诸容面悉，不尽。七月七日。成德顿首。见阳足下。

第二十二札

久未晤面，怀想甚切也，想已返辔津门矣。奚汇升可令其于一二日过弟处。感甚，感甚。海色烟波，宁无新作？并望教我。十月十八日，成德顿首。

第二十三札

厅联书上，甚愧不堪。昨竟大饱而归，又承吾哥不以贵游相待，而以朋友待之，真不啻既饱以德也。谢谢！此真知我者也。当图一知己之报于吾哥之前，然不得以寻常酬答目之。一人知己，可以无恨，余与张子，有同心矣。此启，不一。成德顿首。十二月岁除前二日。因无大图章，竟不曾用。

第二十四札

明晨欲过尊斋，同往慈仁松下，未审尊意如何？特此，不一。成德顿首。

第二十五札

欹斜一径入，门向夕阳边。何必堪娱赏，凋零自可怜。松寒疑

有雪，僧老不知年。只合千峰上，长吟看月圆。——《戒坛》

第二十六札

亡妇柩决于十二日行矣，生死殊途，一别如雨。此后但以浊酒浇坟土，洒酸泪，以当一面耳。嗟夫，悲矣！《澹庵画册》附去，《宋人小说》明晨望送来。成德顿首。

第二十七札

比日未奉教诲，何任思慕。前所云表贴张庆美，幸致其过荒斋。奚汇升亦遣其过我。秋色满阶，忽有迅雷，斯亦奇也，不知司天者亦有占验否？此上。不尽，不尽。九月十三日，成德顿首。《从友人乞秋葵种》一绝呈教：空庭脉脉夕阳斜，浊酒盈樽对晚鸦。添取一般秋意味，墙阴小种断肠花。

第二十八札

成德白：渌水一樽，黯然言别，渐行渐远，执手何期？心逐去帆，与江流俱转，谅知已同此眷切也。衡阳无雁，音问久疏。忽捧长笺，正如身过临邛，与我故人琴酒相对。乡心旅况，备极凄其。人生有情，能不惆怅。念古来名士多以百里起家者，愿足下勿薄一官，他日循吏传中，籍君姓名，增我光宠。种种自当留意，仍劳谆嘱耶。鄙性爱闲，近苦鹿鹿，东华软红尘，只应埋没慧男子锦心绣肠，仆本疏慵，那能堪此。家大人以下，仗庇安和，承念并谢。沅湘以南，古称清绝，美人香草，犹有存焉者乎？长短句固骚之苗裔也，暇日当制小词奉寄，烦呼三闾弟子，为成生荐一瓣香，甚幸。邮便率勤，不尽依驰。成德顿首。

第二十九札

四月二十一日，成德白：朝来坐渌水亭，风花乱飞，烟柳如织，则正年时把酒分襟之处也。人生几何，堪此离别？湖南草绿，凄咽同之矣。改岁以还，想风土渐宜，起居安适。惟是地方兵燹之后，兴除利弊，动费贤令一番精神。古人有践历华要犹恨不为亲民官，得展其志愿者。勉游，勉游。勿谓枳棘非鸾凤所栖也。蕞尔荒残，料无指腻可点清白，但一从世俗起见，则进取既急，逢迎必工，百炼刚自化为绕指柔。我辈相期，定不在是。兄之自爱，深于弟之爱兄，更无足为兄虑者。至长安中，烟海浩浩，九衢昼昏，元规尘污，非便面可却。以弟视之，正复支公所云"卿自见其朱门，贫道如游蓬户"耳。诗酒琴人，例多薄命，非为旷达，妄拟高流。顷蒙远存，聊悉鄙念。来扇并粗篷写寄，笔墨芜率，不足置怀袖间。穆如之清，藉此奉扬。楚云燕树，宛然披拂，或暂忘其侧身沾臆也。努力珍重！书不尽言。成德顿首。

附纳兰去世后文人题跋：

向从朱供奉竹垞、姜征君西辈得悉容若风雅，深以未经把接为恨。壬申秋，从见阳署中始睹其笔札，把玩不能释。见阳与容若为莫逆交，生平唱酬最密。于其殁后，既刻其《饮水》诗，复集其往还尺，衰然成卷。世之览者，不独想见风流，亦当有感于交道也。皋亭查韩题。

每与人言容若佳处，闻者或以为过情，要是其人未识容若耳。若曾相识，则其佳处尚不尽于吾辈所言也。今观诸札，与见阳爱重若此，知容若，并可知见阳。而容若已不可复作矣，惜哉！梁溪同学顾贞观识。

余向栖迟郎署者八年，未尝一识容若。间有言及者，亦止道其声华焐奕，才思藻丽而已。及乞休后，寓居锡山，日与梁沿舍人对，始悉其为人：虽处华腴，而律己甚严；虽风云月露，不废拈毫，而留心当世之务，不屑屑以文字名世。今观见阳张君集其往复书札，胸中笔下，都无点尘，而用意尤极深厚。则其人之生平，益信梁汾之言为不虚矣。惜乎天不假之年，以赉志以殁。岂天之所赋，亦有靳有不靳耶？吁！若容若者，正不必以年传也。癸酉孟夏，武陵存斋胡献征跋。

人谓容若贵公子耳，稍知之者，目为才人已耳。不知其志洁，其行芳，不但不以贵公子自居，并不背以才人自安也。此其与见阳先生往来手札，观其于朋友间肫笃如此，亦岂今人所有哉！至其辞翰工妙，有目共见，又不待言也。见阳裒集成卷，宝爱如拱璧，其知容若深矣。梁溪同学秦松龄跋。

容若先生素未谋面，然诗文翰墨，饶有风雅之誉，心窃慕之。见翁世叔于胥江舟次出其手札一卷，阅之不能释手。大抵非之常之人，自分必传，不遇真知己，虽一言半字，不肯浪掷。独与见翁往还尺牍如许，殆知己无有过之者，宜其什袭藏之，出处必携也。狮峰居士沈宗敬拜手识。

平生知交，赤牍笔疏，推曹侍郎秋岳第一。此外则容若侍卫，书记翩翩，天然绝俗。侍郎里居，日必有札及余，或再至三至。每过余，见杂置几案，辄诚余投瓿火之。乡里后进有缉侍郎赤牍单行者，寓余诸札，独无有也。容若好填小词，有作必先见寄，红笺小叠，正复不少。迨乙丑逝后，余浮湛都市，人海波涛，转徙者数，欲求断楮零墨，邈不可得。见阳张都伯乃一一藏之，装池成卷，足以见生死交情之重矣。小长芦金风亭长朱彝尊书于白门之承恩僧舍，时年七十有六。

致顾贞观

望前附一缄于章蘩处，计应彻览。弟比日与汉槎共读《萧选》，颇娱岑寂，只以不对野王为怊怅耳。黄处捐纳事，望力促以竣，不可以泄泄委之也。项闻峰泖之间颇饶佳丽，吾哥能泛舟一往乎？前字所言半塘、魏叟两处如何，倘有便邮，即以一缄相及。杪夏新秋，准期握手。又闻琴川沈姓有女颇佳，望吾哥略为留意。愿言缕缕，嗣之再邮，不尽。鹅梨顿首。

致严绳孙

第一札

成德白：前有一字，托郑谷口寄去，想先后可达台览，种种非片言可尽。

非片言可尽。未审起居如何？家严病已渐差，辱吾哥垂虑，取并附闻。弟今于闲中留心《老子》，颇得一二人开悟，未敢云有得也。马云翎不及另字，幸道思念之意。别后光阴，不觉已四越月，重来之约，应成空谈。明年四月十七，算吾咏"正是去年今日别君时"也。吴伯老不专启，幸道意。赵声伯若进谒时，并望周旋之。此泐，不尽。八月六日，成德顿首。

第二札

中秋后曾于大恩僧舍以一函相寄，想已入览矣。弟秋深始妇，日值驷苑，每街鼓动后，才得就邸，曩者文酒为欢之事，今只堪梦想耳。兹于廿八日又扈东封之驾，锦帆南下，尚未知到涯何处，如何言归期邪！汉兄病甚笃，未知尚得一见否，言之涕下。弟比来从事鞍马间，益觉疲顿，发已种种，而执殳如昔，从前壮志，都已瓦尽。昔人言，身后名不如生前一杯酒，此言大是。弟是以甚慕魏公子之饮醇酒近妇人也。行前得吾哥手书，知游况不佳，甚为悬念，然人世常情，毋足深讶。东巡返驾，计吾哥已到都亭，当为弹指画谋生之计。古人谓好宜不过多得金耳，吾哥但得为饱暖闲人，又何必复萌宦情邪？吾哥所识天海风海之人，未审可以晤对否？弟胸中块磊，非酒可浇，庶几得慧心人以晤言消之而已。沦落之余，久欲葬身柔乡，不知得如鄙人之以愿否耳。乘舆南往，恐难北上，如尚未发棹，须由中州从陆。以岁前为期，便当别置帷房，以炉若相待也。此札到日，速以答书寄，必附章藩乃能速达。九月廿七日午刻，饮水弟顿首白。

第三札

成德顿首。前有一函托汤商人寄去，想入览矣。近况已略悉前柬，兹不复具。惟乞吾哥于八月间到都，以慰我愁思也。华山僧鉴乞转达鄙意，求其北来为感。留仙事今已大妥，不必为念，特此附闻。余情缕缕，不宣。七月廿一日，成德白。

第四札

十二月十五日成德白：苏友长兄足下，慕大哥去，曾附已信，想已入览矣。闻已自浙中来，家囊橐不知如何？息影之计可能遂否？前有新词四十余阕附去，未审得细加删定否？华封在都，相得甚欢，一旦忽欲南去，令人几日心闷。数年之间，何多离别！订在明年八月间来都，若吾哥明春北来则已，否则秋间即促其发轫，亦吾哥之大惠也。前吾哥在浙时，江烟湖鸟，景物自佳，但恐如白香山所云"诚知老去风情少，见此争无一句诗"耳。江南风景如何？伯成身后事已嘱料理，想不有误。新令韩君，觅人转致。邳仙尚留滞京中，颇见不妥。留仙亦一淹蹇人也。有新诗即寄我。二郎读书如何，并示为慰。家大人皆无恙。几年以来，吾哥意中人想俱已衰丑零落，亦大凄凉也。呵呵。阔怀如缕，捉管顿不能言，奈何，奈何。诸惟鉴，不尽。成德顿首。

第五札

分袂三日，顿如十载。每思清夜酒阑，残星凉月，相对言志，不禁泣下。前者因行李匆遽，未能抱臂一送，深为歉仄。驰恋之心，想彼此同之也。至叮嘱之言，以吾兄明人，故不敢琐琐。然此中愁肠，正不知几千结也。稍俟绿肥红瘦，即幸北来，万勿以寻旧约，作当日轻薄态，留滞数日，以负弟望也，至恳，至恳。慕鹤老处嘱其照拂，留老相会时希致意。诸草草不一。成德顿首。左至。正月廿日。

致阙名

成德白：不见忽已二十余日，重城间隔，趋侍每难。日夕读《左氏》《离骚》，余但焚香静坐。新法如麻，总付不闻，排遣之法，推此为上。来言尽悉，俟面布。再宣。初三日，成德顿首。谨状。伏惟鉴察。

致颜光敏

成德谨禀太夫子台下：前接手谕，因悉起居佳胜，翘首南天，益增怅望。悠悠梦想，愿飞无翼，种种并志之矣。使旋，布候不宣。成德顿首。

附录三：纳兰年表

顺治十一年乙未（公元1654年），出生。

农历十二月十二日（公元1655年1月19日），纳兰成德生于北京，满洲正黄旗人。

其父为纳兰明珠，任銮仪卫云麾使。

其母为英亲王阿济格正妃第五爱新觉罗氏。

同年三月，清圣祖爱新觉罗·玄烨出生。

顺治十四年丁酉（公元1657年），三岁。

冬，丁酉科场案发。

顺治十五年戊戌（公元1658年），四岁。

吴兆骞逮赴刑部狱。

同年，秦松龄罢归，曹寅出生。

顺治十六年己亥（公元1659年），五岁。

闰三月，吴兆骞因科场案牵连离京，七月抵宁古塔。

顺治十八年辛丑（公元1661年），七岁。

正月，顺治帝驾崩，玄烨即位。

二月，罢十三衙门，复设内务府，明珠改任内务府郎中。

康熙三年甲辰（公元1664年），十岁。

三月，明珠升任内务府总管。

春，顾贞观任秘书院中书舍人。

康熙五年丙午（公元1666年），十二岁。

四月，明珠升内弘文院学士。

同年，顾贞观顺天乡试中举，改任国史院典籍。

康熙七年戊申（公元1668年），十四岁。

九月，明珠升任刑部尚书。

顾贞观丁父忧归。

康熙八年己酉（公元1669年），十五岁。

七月，明珠解刑部任。

九月，明珠任督察院左督御史。

冬，徐乾学入京。

康熙九年庚戌（公元1670年），十六岁。

成德补诸生，贡入太学。

同年三月，徐乾学中一甲三名进士，授弘文院编修。

康熙十年辛亥（公元1671年），十七岁。

成德入国子监读书。

十一月，明珠调兵部尚书。

同年，顾贞观受排挤，告归南还。

康熙十一年壬子（公元1672年），十八岁。

八月，成德中顺天府乡试举人。主试官为蔡启樽、徐乾学。

年底，严绳孙入京。

康熙十二年癸丑（公元1673年），十九岁。

二月，成德会试中贡士。

三月，因病未与廷试，始撰《渌水亭杂识》。

五月，初议刊刻《通志堂经解》。徐乾学南还。

同年，与严绳孙、姜宸英、朱彝尊结交。严绳孙移居明珠府。

康熙十三年甲寅（公元1674年），二十岁。

五月，皇子保成出生。

秋，成德与两广总督卢兴祖之女成婚。

同年，成德弟揆叙出生。

康熙十四年乙卯（公元1675年），二十一岁。

十月，明珠转吏部尚书。

十二月，皇子保成为太子，成德为避讳改名性德。

同年，性德长子福格出生，为庶妾颜氏所出。

康熙十五年丙辰（公元1676年），二十二岁。

是年春，皇太子保成更名胤礽。

性德补殿试，中二甲七名进士。《进士题名录》中，性德榜名已改回成德。

春夏间，成德初识顾贞观，与其合编《今词初集》。

四月，严绳孙离京南归，成德作诗词相赠。

九月，驻跸密云。

十月，康熙帝幸昌平，过明十三陵。

同年冬，顾贞观以词代书，填《金缕曲》二首寄吴兆骞，成德深受感触，许诺五年内救回吴兆骞。

《侧帽集》约刻于此年。

康熙十六年丁巳（公元1677年），二十三岁。

二月，随康熙帝幸南苑行围。

四月，扈跸霸州。月末，卢氏生子海亮。

五月三十日，卢氏卒，厝灵于双林禅院。

七月，明珠升任武英殿大学士。

秋冬间，成德始任乾清门三等侍卫。所撰《合订删补大易集义粹言》八十卷完成。继作《通志堂经解》诸序。初编《饮水词》完成。

同年春，顾贞观南归。秋，顾贞观进京，与成德增选《今词初集》。

康熙十七年戊午（公元1678年），二十四岁。

正月，康熙帝下诏开设博学鸿词科。陈维崧、严绳孙等入京。陈维崧一度居明珠府舍，继编《今词初集》。

闰三月，顾贞观、吴绮在江南为《饮水词》作序。

七月十八日，卢氏葬于京郊皂荚屯祖茔。

十月十六日，康熙帝、太皇太后幸温泉。二十日至二十二日，成德扈驾孝陵，驻滦河岸。

同年，成德在家中筑花间草堂。姜宸英入京。

康熙十八年己未（公元1679年），二十五岁。

三月，康熙召博学鸿词试，严绳孙、秦松龄、朱彝尊、陈维崧等中试，授检讨。

夏，成德与朱彝尊、陈维崧、姜宸英、张见阳等友人共聚渌水亭，观荷赋诗。

秋，张见阳赴江华任县令，性德作词相送。

同年，《饮水词》《今词初集》刊成。

康熙十九年庚申（公元1680年），二十六岁。

是年，成德娶光禄大夫朴尔普之女官氏（瓜尔佳氏）为继室。

成德以侍卫司上驷院马政，出牧柳沟、黄花城等近边地牧马。

秋，顾贞观入京，居成德为其所筑草堂。

姜宸英南还，成德作词相送。

康熙二十年辛酉（公元1681年），二十七岁。

七月，顾贞观奔母丧南还，年底入京。

十月，吴兆骞自宁古塔抵京，居徐乾学府中。

康熙二十一年壬戌（公元1682年），二十八岁。

正月，成德与陈维崧、吴兆骞、朱彝尊、严绳孙、顾贞观、曹寅等宴集花间草堂。

二月，扈驾康熙帝东巡祭祖。十八日驻跸丰润县城西。二十九日驻跸广宁县羊肠河东。

是年春，吴兆骞入明珠府为教授成德弟揆叙。其间，吴兆骞与蒋宣虎、顾茂伦合编《名家绝句抄》，成德为之作序。

五月初七，陈维崧卒。

夏，成德重值内廷，和严绳孙《西苑侍直》组诗，题为《西苑杂咏和荪友韵》，升二等侍卫似在此时。

秋，成德随副都统郎坦奉使侦查梭龙，岁末还京。

十一月，明珠加赠太子太傅。

冬，吴兆骞南还省亲。顾贞观南归。

康熙二十二年癸亥（公元1683年），二十九岁。

二月，成德扈驾五台山。

夏，吴兆骞卧病，成德写信邀其赴京治疗。

六月十二日，扈驾古北口避暑，七月底归。

九月，扈驾五台山。

康熙二十三年甲子（公元1684年），三十岁。

三月，吴兆骞至明珠府，仍为揆叙授读。

春，致信顾贞观，托其留意沈宛。

七夕，扈驾避暑。

八月，扈从南巡，至金陵、扬州、苏州等地。在江宁会曹寅，观楝亭。

九月，顾贞观携沈宛赴京。

十月，吴兆骞卒。

年底，成德纳沈宛为妾。

康熙二十四年乙丑（公元1685年），三十一岁。

是年春，成德升一等侍卫。写信邀请梁佩兰赴京共编词选。

四月，严绳孙弃官南归，成德赋诗送之。

春夏间，沈宛归江南。

五月初，曹寅携《楝亭图》进京，邀成德题咏诗文。

五月二十二日，成德与梁佩兰、顾贞观、吴雯、姜宸英等集花间草堂，《咏夜合欢》。次日，成德得疾。

五月三十日，成德因寒疾复发，七日不汗去世。

是年冬，沈宛生遗腹子富森。

附录四：后世评价

陈廷焯《白雨斋词话》

容若《饮水词》，在国初亦推作手，较《东白堂词》（佟世南撰）似更闲雅。然意境不深厚，措词亦浅显。余所赏者，惟《临江仙·寒柳》第一阕及《天仙子·渌水亭秋夜》、《酒泉子》（谢却荼蘼一篇）三篇耳，余俱平衍。又《菩萨蛮》云："杨柳乍如丝，故园春尽时。"亦凄惋，亦闲丽，颇似飞卿语。惜通篇不称。又《太常引》云："梦也不分明，又何必催教梦醒。"亦颇凄警。然意境已落第二乘。

又

容若《饮水词》，才力不足，合者得五代人凄婉之意。余最爱其《临江仙·寒柳》云："疏疏一树五更寒，爱他明月好，憔悴也相关。"言中有物，几令人感激涕零。容若词亦以此篇为压卷。

谢章铤《赌棋山庄词话》

纳兰容若深于情者也。固不必刻画《花间》，俎豆《兰畹》，而一声《河满》，辄令人怅惘欲涕。

胡薇元《岁寒居词话》

倚声之学，国朝为盛。竹垞、其年、容若鼎足词坛。……容若《饮水》一卷，《侧帽》数章，为词家正声。散璧零玑，字字可宝。杨蓉裳称其骚情古调，侠肠俊骨，隐隐奕奕，流露于毫楮间。

王国维《人间词话》

纳兰容若以自然之眼观物，以自然之舌言情，此由初入中原，未染汉人风气，故能真切如此。北宋以来，一人而已。

又

谭复堂《箧中词选》谓："蒋鹿潭《水云楼词》与成容若、项莲生，二百年间，分鼎三足。"然《水云楼词》小令颇有境界，长调惟存气格。《忆云词》精实有余，超逸不足，皆不足与容若比。

况周颐《蕙风词话》

寒酸语不可作，即愁苦之音，亦以华贵出之，《饮水词》人所以为重光后身也。

又

容若与顾梁汾交谊甚深，词亦齐名，而梁汾稍不逮容若。论者曰失之脆。

又

纳兰容若为国初第一词人，其《饮水诗填词》古体云（略）。容若承平少年，乌衣公子，天分绝高。适承元明词敝，其欲推尊斯

道，一洗雕虫篆刻之讥。独惜享年不永，力量未充，未能胜起衰之
任。其所为词纯任性灵，纤尘不染，甘受和，白受采，进于沉着浑
至何难矣。

蔡嵩云《柯亭词论》

纳兰小令，丰神迥绝，学后主未能至，清丽芊绵似易安而已。
悼亡诸作，脍炙人口。尤工写塞外荒寒之景，殆扈从时所身历，
故言之亲切如此。其慢词则凡近拖沓，远不如其小令，岂词才所
限欤？

吴梅《词学通论》

容若小令，凄惋不可卒读。顾梁汾、陈其年皆低首交称之。究
其所诣，洵足追美南唐二主。清初小令之工，无有过于容若者矣。
同时佟世南有《东白堂词》，较容若略逊。而意境之深厚，措词之
显豁，亦可与容若相埒。然如《临江仙·寒柳》《天仙子·渌水
亭秋夜》《酒泉子·谢却荼蘼》，非容若不能作也。又《菩萨蛮》
云："杨柳乍如丝，故园春尽时。"凄惋闲丽，较驿桥春雨更进一
层。或谓容若是李煜转生，殆专论其词也。承平宿卫，又得通儒为
师，搜辑旧籍，刊布艺林，其志尚自足千古，岂独琢词之工已哉。

图书在版编目（CIP）数据

原来情深，最是孤独：纳兰容若的词与情 / 纪云裳
著. --北京：台海出版社，2020.11
ISBN 978-7-5168-2735-2

Ⅰ.①原… Ⅱ.①纪… Ⅲ.①纳兰性德（1654-
1685）—词(文学)—诗歌欣赏 Ⅳ.①I207.23

中国版本图书馆CIP数据核字（2020）第171577号

原来情深，最是孤独：纳兰容若的词与情

著　　者：纪云裳

出 版 人：蔡　旭　　　　　　　　　　封面设计：今亮后声
责任编辑：徐　玥

出版发行：台海出版社
地　　址：北京市东城区景山东街20号　　邮政编码：　100009
电　　话：010-64041652（发行，邮购）
传　　真：010-84045799（总编室）
网　　址：http://www.taimeng.org.cn/thcbs/default.htm
E － mail：thcbs@126.com

经　　销：全国各地新华书店
印　　刷：天津中印联印务有限公司
本书如有破损、缺页、装订错误，请与本社联系调换

开　　本：880毫米×1230毫米　　1/32
字　　数：190千字　　　　　　　　印　　张：9
版　　次：2020年11月第1版　　　　印　　次：2020年11月第1次印刷
书　　号：ISBN 978-7-5168-2735-2

定　　价：45.00元